铁扬文集

散文 等待一只布谷鸟

铁扬 著

作家出版社

图书在版编目（CIP）数据

等待一只布谷鸟 / 铁扬著. -- 北京：作家出版社，2025.6. --
（铁扬文集）. -- ISBN 978-7-5212-3318-6

Ⅰ．Ⅰ267

中国国家版本馆CIP数据核字第2025FZ4969号

等待一只布谷鸟

作　　者：铁　扬	
装帧设计、插图附图：铁　扬	
策　　划：颜　慧	
责任编辑：陈亚利	
美术编辑：李　星　丁奔亮	
出版发行：作家出版社有限公司	
社　　址：北京农展馆南里10号　　　邮　　编：100125	
电话传真：86-10-65067186（发行中心）	
86-10-65004079（总编室）	
E-mail:zuojia@zuojia.net.cn	
http://www.zuojiachubanshe.com	
印　　刷：北京博海升彩色印刷有限公司	
成品尺寸：140×203	
字　　数：134千	
印　　张：7.625	
版　　次：2025年6月第1版	
印　　次：2025年6月第1次印刷	
ISBN　978-7-5212-3318-6	
定　　价：88.00元	

铁扬自画像 2024 年作

1955年大学一年级

1956年在莫干山

1985年于易县黄土岭村

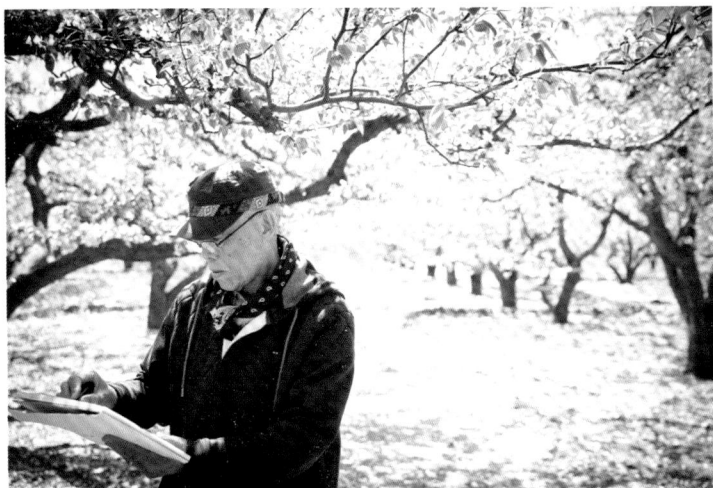

2016年梨花开放时于故乡

母绿与布谷鸟

久居城市，与自然分隔已久，乡间的踪迹很少了。住在这大都市，日月星辰的变化更是稀缺得很花稀讯。行至一辆花车翻新，呼着歌声的绚丽的洒水车，在地上洒着水洒着，近期又出现了一些讲故事讲气话的"雪跑"车，它使得城市更加别闹。更加区分宜居城市。它是那花稀气稀的时刻，也让很多地方满着待的乡愁。日共温暖结束……平日英期着待时光。

我居住在一亮玻璃楼的某楼层"花园"的高度楼，足足带电梯的小楼层，说楼的屋住花园，但屋内花园是不存在的，所以说窗外是一个真正的大花园一亭亭秀秀的公园。白公园一切近在无无有。着了看的是窗外有两棵马缨花树。每天从早晨到黄昏都盛开着紫艳的马缨花。这才真正真花是那丝绒般的花朵、嫩红的颜色。每天

自　序

　　我的第一部散文集《母亲的大碗》出版后，美术界的朋友以及省内关注的报刊和朋友们，还一起为我举办了研讨会，大家说了不少好话，再之后我便有了一个新的称谓——作家。我喜欢这个称谓。但画画终归还是我的本行。由于我兴趣之"杂"，不安于本行，又受着作家称谓的鼓动，四年之间又断断续续写了这点文字，也耽误了不少"正事"。

　　我之所以喜欢弄点文字是因了我心里的故事太多，而这故事大多源于我的童年，童年的记忆是顽固的，它明晰可鉴——虽然零星琐碎，琐碎到你家鸡的颜色、狗的叫声、土墙和柴草的气味……春天枣树开花了，燕子回归了，它们整日衔新泥，修补自己的住所，那时连窝上增添了多少新泥，我都心中有数。

当然，往事也不尽是美好，也有难以想象的惨烈。如同我在《生命诚可贵》中写到的那三位烈士，几小时前我们的军分区司令员还站在我家院中同我父亲天南海北谈着话（那时我注意到他的裤腿上还沾着赵州特有的黄土），几小时后因一场和日军的遭遇战，司令员便成了一名烈士，烈士的鲜血洒在赵州这块土地上。

我的故乡在冀中赵州。

记得李贺有这样的诗句：买丝绣作平原君，有酒唯浇赵州土。我没有研究过诗人李贺和赵州这块土地的缘分，为什么有意把酒洒在赵州。而抗日烈士洒在赵州的不是酒而是鲜血。酒和鲜血联系的都是赵州的黄土。

那场惨烈的战斗结束了，几天后我又有了新发现：我家的一棵绒花树上入住了一只布谷鸟，这一下牵动了我的心绪，它使我兴奋好奇。不久它失踪了，扔下两只刚出生几天的幼鸟。于是我的兴奋和好奇又转成止不住的心痛和悲伤。它使一个少年的情绪变得那么低迷，那么孤单无助。但这少年自此开始成长了，他懂得了"研究"这个词。后来他对这只布谷鸟失踪事件的研究持续了几十年。虽然并无结果，但他还是在等待，等待再有一只布谷鸟入住在他眼前，好了却他的一件心事。

还有一些挥之不去的记忆，也存在于故乡赵州那块热土上：布谷鸟、老梨树、燕子，还有姥爷的玉玲珑……

几篇与艺术和画家有关的文字也收在了这本书中，但并不是艺术评论之作，是我一时心血来潮之后的随笔。

关于散文和小说之间的区别，在大学读书时就听老师讲过，但我主张对它们的概念还是模糊一点好。就像作为画家的我，同行们也难以把我归为某一个类别，我也不主张把画家的行当划分得那么细致入微，这就又联系到我的兴趣和性格。"杂"一点好，这也是童年时我从父亲身上得到的体会，他的本行是医生，又是位社会活动家，他告诉过我，纽约有条橡皮街……他读着五线谱教我们唱歌，也会用工尺谱谱曲。每当我的思绪回到童年时，父亲便出现在眼前，他的出现使我做事坚定了许多，不再左顾右盼。

铁扬
2019 年早春

目 录

等待一只布谷鸟

缅怀纯洁

云晴龙去远

那时我在"中戏"

等待一只布谷鸟

等待一只布谷鸟

这是一棵绒花树和一只布谷鸟的故事。

绒花学名叫马缨花，但在我们那里叫"绒花"。其树也叫"绒花树"。

马缨花酷似马头上的装饰品——马缨，故得名。其花是粉红色，丝穗状，晨时开花，黄昏时闭合，来日再开。开时香气沁人肺腑，但此树少见，有，则是稀罕。

童年时，我家有一棵，长在一个闲院子里，不端不正的只有齐房高。花的开放和沁人肺腑的香气却没有引起家人的注意。

我喜欢它的存在，尤其喜欢它落在地上的花朵：捡起一朵插在鼻孔里是老汉；粘在眉弓便是老寿星；插在帽檐就是戏台上的英雄，再拾根秫秸当长枪，嘴里念着锵锵锵锵……满院子奔跑。

我与绒花树相伴相亲，就像它是为我而生长开花。周围的椿树、槐树高大茁壮，像是故意蔑视它的存在。

有一年，一只布谷鸟看中了它，人们只听见它的叫声，很少看到它们的身影。它们神秘而羞涩，远距离地鸣叫着：该种谷了、该打场了、打场收获了，别忘记"上供"。

许多年过去了，我很少想到我的绒花树和布谷鸟。

谁知事总有巧合。

目前我住在城市中一座被称作"小高层"的楼上，后阳台放置一张靠椅，我常倚在上面休息或读书。有一天无意中发现窗外有一棵绒花树（其实它早已存在着），被许多高大的树拥挤着，但并没有影响它的存在和开花。从上向下望去，绒花正开得旺盛，香气从窗外飘进屋内，我这才猛然想到我家那棵绒花树和树上那只布谷鸟的命运。

窗外这棵树上也常有鸟类往来，大半是灰喜鹊，长着尖长的尾巴，一副鬼鬼祟祟的表情，像几个长舌妇在那里说三道四、传播是非。大喜鹊一来，它们一哄而散。家雀也来，啄食着树上的什么……但从来不见布谷鸟的到来。越是如此，就越勾起我对我家那棵绒花树的思念。

那时我常常爬上房顶，俯下身来，看着布谷鸟搭窝，研究它要在此做些什么，看来它要在此生产，在此哺育后代——它下了两个蛋。一开始它对我似有警惕，当它发现我的存在时，连忙飞到远处，我也才有机会发现窝里那两个蛋：如小枣般大，花色黑白相间。当它发现我并无恶意时，才放心地飞回，给它的后代以温暖。整日间它就这么卧在窝中，不吃也不喝。我知道鸟类哺育后代都是"夫妻"双方的责任。我家这只，是只身一"人"，我常看到它那低迷的模样。有时还常常听到有气无力的低吟，它不叫"布谷"，也不喊"打场上供"，只是几分悲哀、几分无奈地低吟。

后来它对后代的孵育终于成功，小鸟破壳而出。它就不断飞出去为后代觅食。

两只一身黄毛的小家伙，紧闭着双眼，相互依偎，等待妈妈回来。

妈妈来了，嘴里叼着为后代采集的吃食。小家伙靠着机智的听力，张开比自己的头还要大的嘴，妈妈一口口把吃食送到它们的口中，它们猛烈地吞咽着。我不知那是一些什么吃食：一些树籽和庄稼的颗粒？或是一些什么

"活食"？

小家伙吃饱了，安生下来。娘仁就那么安生着、依偎着，平安而幸福。

我面对这棵绒花树，面对着一家三口，只觉得日子是那么温暖、有趣。而绒花树上的秘密，只有我一人知道，我从不和任何人交流分享。

每天我就如痴如醉地潜在房顶观察它们：小鸟等妈妈的焦急和妈妈回来后全家的欢愉。鸟妈妈也了解我的存在和对它们一家的友善，有时还向我投来友好的目光，像在说：知道你不会伤害我的，给了我们全家如此好的安身之处，少见的绒花树，少见的好心少年。

可惜好景不长，厄运能降临人间，降临于动物也是没有预警的。

有一天妈妈没有回来，低迷的小家伙不踏实地在窝内蠕动等待着。

又过了一天，妈妈还是没有回来，小家伙似无力再蠕动。"二人"团在一起，似沉睡，似窃窃私语。

又过了一天，妈妈还是没有回来，我发了恻隐之心，想到为它们做点什么。首先是要解决它俩腹中之饥，但我并不知道它们的饮食习惯。试着把一块干粮嚼碎，爬上树去，置于它们的嘴边，希望它们接纳。我养过麻雀，麻雀给什么吃什么。但它们对此物并无兴趣，紧闭着豆大的小眼睛，置我的存在和眼前的食物于不顾。

我又想到它们或许只吃活食，便奔向田野，抓来蚂蚱和蚱蜢。再爬上树去，吸引它们，但它们对此物仍是不顾，连蠕动的气力也没了。

又过了一天，它们终是死了，直挺挺地伸开双腿，小脑袋像两颗干枣。我伸手摸摸它们的身体，温度已不存在。我知道它们已无生还的可能，便把它们从窝内取出，溜下树来，安葬了。

我选择了绒花树下，就地挖了一个深坑，用干净土填实。还做了一个小坟头，从地上捡起一朵朵马缨花（我郑重其事地称它为马缨花）插满坟头。还找来一把小刀，用我当时的"美术"能力，在树干底部刻下两只小鸟，以作永恒的纪念。

妈妈哪里去了，不知它还会不会回来？它到底经历了什么？被丈夫抛弃的离异者，又遭到前夫的暗算？或者它是单身母亲，怀孕是一夜风流所致？总之，它是一个情场失意者吧，再遭情场失意后的不测。

但它不会落入捕鸟人的圈套里。在我们那里鸽肉是不准上席的，而布谷鸟更加神圣，受人尊敬。

我每次坐到我家后阳台，观察窗外那棵绒花树时，总希望能看到一只布谷鸟的到来，但事与愿违。观察越久，如烟的往事就越加明晰可见。

一群灰喜鹊又来了，继续它们多嘴多舌、挑拨是非的习性，做着各种过分的表演，把绒花铺撒在地上，才幸灾乐祸地飞去。

这再次勾起我的乡愁。回老家去，寻找一下我那棵绒花树的蛛丝马迹吧。树上还有我刻下的"鸟形"。

我回到故乡，找到了那棵树的生存之地，但看到的是一位新住户的两扇大门，高大而辉煌的铁质大门压在原来树的位置，门上是馒头大的铜钉，显示着生活的富足，门上对联是：

远近达道逍遥过，进退还连运遇通。

这本是一副传统的老对联，先前村人常把它贴在大车上，图行车的吉利。看来目前这家主人应该是位搞运输的。

当我向乡亲打听我那棵绒花树时，他们都表示这个问题渺小而奇特。什么绒花树？还有布谷鸟……

我怏怏地回到了我居住的城市，还是我的后阳台，还是窗外的那棵绒花树，还是一群灰喜鹊在树上的热闹。

但思念却是永恒的，越是细微的思念，越是不会泯灭。

等待一只布谷鸟，或许这不会只是一个念想吧。

2018年8月

2020年4月发于《长城》

我家有棵老梨树

我家有个荒芜的园子，园子里无井无水，不事种植。除几棵司空见惯的椿树、槐树外，就是择不清的苎麻。就在这杂草和苎麻的世界里，却突兀地站立着一棵梨树，它干瘪瘦弱，比人高不了多少，但它是一棵老梨树。听老人讲，那是老人的老人种下的，少说也有上百年吧。几代人都说它从来就是这个架势，不开花不结果实。童年的我还是盼它能改变模样，便替它除草浇水，在树的周围挖个圆坑，用水瓢从厨房水缸里舀水，一趟趟浇灌。大人知道我舀水的目的，就说："费那事干什么，莫非还能开花结果？"我不听劝告，继续着我的操作。有一年春天它终于开花了，我围着它转着数着，一二三四五，花只五朵。五朵花也给家人带来了无尽的新奇，大家奔走相告，传递着

这个"百年不遇"的新鲜事。家人围住它，欣赏研究这花的一切。但五朵花只开了五天便凋谢下来。老梨树又变成了原来的模样。我继续浇灌侍弄，第二年又开花了，开了两朵，家人对此便不再新鲜。我仍不甘心，侍弄还在继续。第三年又开花了，只一朵。但这朵花和以往不同，花落后却显出了梨形。我每天站在梨前观察它的成长：绿豆大了，黄豆大了，蚕豆大了，终于有青枣大了。但它不像枣，是梨，是一只不折不扣的梨。梨身的凹凸，梨身的斑斑点点都呈现出来，我盼它再成长，长成一个真正的大梨，但它没有再长，直到秋天新梨已上市，丰硕水灵的梨们个顶个地排列于街市，我家的梨仍如枣大。后来随着秋风刮起，霜露染枝时，它随着树叶的跌落一起跌落地上，我还是捡起了它，举给家人，家人笑着说："也算是个梨吧。"

后来我不再浇灌，梨树也不再开花，树也没有生长壮大的迹象，但它在诸多树木杂草的群体中却独树一帜。

我总觉出它在说话，它说："不管怎么说，我是棵梨树。"

2016 年 10 月

2020 年 4 月发于《长城》

最忆我家梁上燕

那时我家有三处院落，院落相连，有好有赖，好院为砖，赖院为土坯。家人住砖院，它布局完整，有青砖裱墙、青砖墁地。上房、耳房、东房住人，西房闲置，放架织机，那是我母亲的劳作场地。

春天了，草色染绿了大地，枣树开花了，花香把一个院子笼罩起来时，母亲就会上机织布，她把浆过的棉线经过"掏杼""递缯"安放于织机，自己顶着一头枣花上机。在织机上母亲一手执梭一手扳机，手脚并用配合默契，布就会在织机上显现出来。此时就有两只燕子随着机杼声顶着飞扬的枣花飞进院落，飞进西屋，找准它们的老巢，开始打理自己的家事。

燕子来了！

燕子来了！

来了，来了！

家人传递起这个早已等待的信息，脸上带着无比的欣喜。燕子也鼓舞着自己，在空中在梁上鸣叫。这是一个院子的欢乐，是一年的开始，你会觉出眼前的日子尽是滋润。

少年时的我，不记得燕子是哪年入住我家的，我只记得它们的模样，一公一母，公燕毛色发灰，脖子底下是一片橘红。母燕黢黑，脖下红得发紫。飞行时，它们叉开剪刀似的尾巴，或一上一下，或一前一后，相互关照。我认识它们，我家的燕子飞到哪里我也认识，它们顶着枣花，从院里飞出又飞回，是为寻找新泥修补上年的窝，窝修好，它们就会亲密嬉戏并繁殖后代。

修窝要用嘴衔回新泥。

我随家人在园中浇地，常看见有燕子落在湿润的淋沟边衔取新泥。我家的燕子看到我，便骄傲地仰头鸣叫，似在告诉其他同伴这泥是自家的。

每当母亲的一匹布下机时，母燕也在窝内哺育下一代了。只见它们的后代从窝内伸出羽毛不全的头，大张着嫩黄的嘴，迎接衔食的父母到来。这时一个两口之家已经变成了四口。

等到秋天，乳燕的羽毛丰满了，它们就要离去了，去南方寻找温暖。

春天，燕子的到来使沉睡了一个冬天的家庭活泼起来。秋天时，燕子要离去，又会给人带来一丝丝惆怅。年复一年，日子就在欢欣和惆怅中循环。

有一年随着社会的大变革，我家也要随着社会的变革而变革：多余的土地要分给少地的乡亲，多余的房屋也要分给少房的乡亲。于是我们交出了那处青砖裱墙、青砖墁地、有燕子居住的砖院。全家人住进了旁边那处土院。但土院和砖院墙垣相连，进土院时，要从砖院旁擦墙而过。

又是一年春草绿，枣树又扬花了，我从伸出枣枝的砖院墙下经过，多想听听看看我家的燕子回家了没有。但每次还是低头而去，站在别人家墙下踟蹰，总觉有几分鬼祟，于是便加快脚步头也不回。走进土院见母亲正在院中闷坐，此时应是她上机织布之时，现在她显得十分落寞。少了枣树，少了花香，少了织机声，燕子的下落也无从可考，一家人便失去了往日的欢乐。或许家人都想互问一下燕子的下落，但一家人都是一副缄默状，谁都觉出这缄默的必要。

每当一年春草绿时，总有星星点点的枣花从砖院飘进土院，这只能给家人带来又一次的缄默。

两年过去了，家人在浇地时，淋沟中的流水又浸湿了沟边的新泥，果然又有燕子来衔泥了。我看见有两只燕子毛色一深一浅，脖下的红斑也深浅有别，这一定是它们了。我跑过去，心想它们一定也会认识我，但它们看见我似有恐惧，夯开剪刀似的尾巴飞去了。我观察着它们的飞行方向，不是朝着我们的村子，那是一个相反的方向。这不是它们，只是相似而已，若是，为什么对我都显出陌生？

　　又是一年春草绿时，我已离家远走，母亲从老家来看我，才又谈起燕子，她说："没来过，燕子不光认家也认人。和人一样，不是一家人不进一家门。"是这样，原来我家的燕子没有去认另一家生人，我才又想起见我而去的那两只。

　　我们思念我家的梁上燕，几年过后，倒成了家人见面后的话题。

2016 年 10 月

2020 年 4 月发于《长城》

年味只凭一盏灯

那时，我们只把春节叫"年"。

那时，是我的童年。

那时，过年总要下雪，不似现在一个又一个无雪的冬天、无雪的年。

那时，过年要点灯。灯不花哨，是纸糊的灯笼。有了雪，有了灯，年就有了"味儿"。

黄昏，看灯要踏着雪，雪在你脚下咯吱咯吱响，灯笼就在雪堆以上点起来。我们个子小，看灯要跃上雪堆。

家乡的灯笼四棱四角，用四根柳木棍做骨架，四面糊着"灯方"，看灯确切说是看"灯方"。灯方上有故事，吸引人的是故事，艺术本身不就是由故事延伸开来的种种形式吗？

灯方上的故事是"戏出"，看戏出使你忘记脚下的寒冷。那时，或许你连袜子也没有穿，脚面被冻得生着皴。我们皴着脚面，只注意《古城会》里的张飞。看他黑乎着脸，执拗地拒绝他二哥关公进城，他怀疑二哥已投降曹操，背叛刘备。现在他站立城楼，举着鼓槌就要击鼓，要二哥在他的三声鼓中，杀死追赶他的曹将蔡阳。愤怒的张飞抬起一条腿，奓开的胡子歪在肩上，一副不依不饶的架势。红脸关公一脸忠厚无奈相，他身旁还是那匹赤兔马。虽然灯方上的赤兔马比例是失调的，在高大的关公身旁，像条瘸腿狗。但我们相信那就是关公的赤兔马，而不是狗，因为关公和赤兔马的故事我们早就知道。

看完《古城会》再把灯笼转过来，便是《狸猫换太子》了。奸臣郭槐手捧一个礼盒，斜楞着眼，一副阴谋家的形象。奸臣们定计要用一只狸猫换走皇后生下的太子。诬陷皇后生下一只狸猫。帐中的皇后紧锁眉头，痛苦地掩面而泣⋯⋯每个戏出的上方，都配着灯谜。《狸猫换太子》上的灯谜是：一口吞个牛尾巴（打一字）。那不就是个"告"字吗？下面的"口"吃掉了上方牛的"尾巴"。转过来再看《古城会》，张飞的头上也顶着一则灯谜：穷汉舍不得卖铺盖（打一古人名）。那当是刘备了。刘备是"留被"的谐音，穷汉再穷也要留条被卧给自己。这则谜语的位置设计巧妙，正好印在张飞头上，于是刘、关、张三兄弟都在场了。

再把灯笼转一转，是《连环计》，那是《三国演义》里吕布和貂蝉的故事。现在，貂蝉的义父王允正和貂蝉定计，离间董卓和吕布的关系，把貂蝉明配董卓，暗许吕布。画中的貂蝉正发誓似的跪地拜月，王允持扇过来，表情庄重，一脸忠臣相，貂蝉则是一副唯命是从的样子。他们头上的灯谜是：香油炸豆腐（打二古人名）。我们知道那是黄盖和李白。再把灯笼转一转，是薛平贵和王宝钏的故事，他们头上的灯谜是：小人无用（打一味中药名）。我们也知道，那是使君子。"使"是"屎"的谐音，好一个无用的"屎"君子。

看灯、读灯方，生是把年的热闹变成一个年的安生、静谧。静谧使你屏住呼吸，即使远处响起一阵噼噼啪啪的温和的鞭炮声，也不会打扰看灯的安静，年的味道就沉浸在这灯下的安谧之中了。那实在是对年味的品尝，是品尝。

是谁点起了灯，成就了"年"，原来是两位民选的"灯官"。年前，一个村子就要分片选出几位灯官。每片的灯官有两位，正官叫"大头儿"，副官叫"小头儿"。年前，大头儿和小头儿就要开展他们的工作：敛份子、打灯油、买灯方、买灯索，然后，就从谁家的闲屋子里摘下闲置了一年的灯，撕干净上年遗留在灯架上的纸，从谁家讨碗白面打糨糊，糊上新买的灯方，再把新买的麻绳灯索，按距离拴在当街，每条绳索上挂新灯两盏，只待三十晚上点燃。

三十了，大头儿和小头儿走过来，小头儿手持一托盘，盘中是已点燃的灯碗，碗中以棉籽油为燃料，以上好的棉絮做灯捻，数十盏灯碗照耀着小头儿那张虔诚的脸。这时，小头儿的脸就不再是一张小农民的脸，那实在是一张圣洁的圣像般的脸。有着大将风度的大头儿走在小头儿的后面，指挥小头儿把灯碗放入一个个灯笼中。灯们依次亮起来，《古城会》里的张飞和关公、《连环计》里的貂蝉和王允活起来，一切侠义英雄，一切阴谋诡计，一切美人、丑婆活起来。兴奋中的我们就跟在大头儿、小头儿后面，雀跃着放肆地没规矩地呐喊："大头儿、小头儿耳朵眼里流油。"有更放肆者呐喊得更加放肆寒碜。面对我们的放肆，大头儿、小头儿都不在意，他们只忙于他们手里的活儿。街里有了他们，有了他们点燃的灯，才有了年，年有味了。

当然，成就了年，制造了年味的并非只有村里的大头儿、小头儿，还有那些制造出灯方的民间能工巧匠。很晚我才得知，家乡附近有个叫武强的地方，那是灯方的产地，那里聚集着一群充满智慧的民间画师，他们用梨木制版，再用粉连纸和民间染料印制成灯方。为使故事生动灵活，他们在制作灯方时，先要深入剧场梨园，面对舞台把台上的人物先描绘于纸上，再把故事整理于版上，然后刻版成画，设色印刷。原来他们才是"年"的制造者。村中的大头儿、小头儿们应该是"年"的点燃者。

如今，每逢年的来临，我常在这样或那样的热闹中回忆那时年的安谧、年的味。如今，你面对的越是种种流光溢彩，种种变幻出的新奇，鼓声似惊雷，烟花爆竹声震耳响，还有一些人使尽"胳肢人"的解数，制造出更大的热闹、更大的刺激，我眼前还是那一个个四棱四角的糊着灯方的纸灯笼，还是灯方上被红绿颜色染透的张飞们、貂蝉们和点活他们的大头儿、小头儿们。这时，我总有几分惆怅、几分凄楚，也许这就是对于远去的民俗文化、年节文化的缅怀之情吧。然而这一点看似过时或许还有几分粗俗的民俗文化，又是不可被时髦的恣肆的被鼓动起的热闹所替代的。我们心中的惆怅和凄楚不无道理。

2015 年 2 月 4 日

发于《文艺报》

我收藏擀面杖

我说的擀面杖就是家用的擀面杖。

我的擀面杖不是商店或摊贩出售的那种规矩、光洁新鲜的，而是从民间寻找挖掘而来，它们在民间被留存使用，也许几十年，也许百年以上。

有朋友问我，为什么要收藏它，我常回答不出，说不准确。兴趣使然吧。现在我的收藏兴趣已经有所转移，收藏、寻找擀面杖已经成为历史，但偶尔在欣赏我的收藏时，便觉出它们和那段历史的珍贵。

我在养育我的这块大地上游走寻找过，为一根擀面杖曾经有过无尽的欢乐，也有无尽的焦急和烦恼。

我常回忆起和擀面杖联系着的那些故事，每个故事听起来平淡却又意味深长。艺术家常说的"生活"，不就是由这样那样的故事编织而成的嘛。

我常在山区或平原上寻找，和那些朴素的村民聊天时，实际两眼已经在寻找了，在他们的灶台边、案板上、碗橱内……一旦有了发现，就开始谈论我的收藏条件，比如我想把它买走。他们或许就会直爽地说："买个什么，不就是根擀面杖吗？赶明儿我再买个新的。给。"他们会豪爽地把它交予我手中，当然我还是会把一点钱放在他们的桌上，他们就会用一双粗糙的大手拿起钱再和我推托一阵，脸上倒充满歉意。

也有为一根擀面杖不欢而散，甚至闹得满村风雨的时候。有一次我在易州山区发现一根独特的擀面杖，说它独特，是因为它实在不符合作为擀面杖的基本特征，不直溜，做工不规矩，木质也属当地的硬杂木。但它已被主人应用"成熟"。主人的一双手把它摩挲得滋润油红，我便打起它的主意，和它的主人——一位中年大嫂商量起来，她说："什么好东西，当家的从山上砍的，拿去吧，再让他去山上砍一根。"陪我沿村转悠的镇干部也说："拿去吧，我再帮她买一个。"我拿起它，把相应的报酬五十元钱留给她，走出家门。一路上摩挲着这根千载难逢（在我看来）的擀面杖，格外喜悦。但事情并没有结束，当我们走出村口，一个年轻姑娘赶了上来，跑着朝我们大喊："站住，把擀面杖还给我。"她很快跟我站了个脸对脸，又说："快还给我，祖传的物件，三头五十就想拿走。"陪我的镇干部说："什么祖传的，你爹上山砍的，你娘说的。""她不知道。"姑娘说，"老糊涂了，就是祖传的。"镇干部说："这样吧，我再到镇上供销社给你们买个新的，也不用你们跑了。"姑娘说："新的？给根金条也不换，快给俺们，等着擀面呢，莫非连饭也不让吃了。"

这时，围观的人已看起热闹，我连忙把它还给了这位姑娘。姑娘接过擀面杖表情却茫然起来，这或许并不是她理想的结局，面对这根她爹从山上砍来的家伙，她是另有打算的。镇干部倒不客气了，说："还不快走，后悔了吧。"姑娘手托擀面杖倒犹豫起来，镇干部又说："还不快回家，不是等着做饭用哟。"姑娘这才讪讪地朝村中走去，围观的人也笑起来。

我还曾为一根擀面杖三次专程到一个山村。那村子紧靠一处"皇陵"，村民大多为旗人，长辈为皇族看坟在此定居。我在一个村民家中发现一根尺把长的乌黑擀面杖，听主人说那是铁木，是他的祖宗跟顺治皇帝进关时带来的。当然这种说法或许有几分演义，但它确实是少见的铁木家什，拿在手上颇具些分量。在乌黑的杖体上，还滋着百年前的"古面粉"，给它更增加了不可多得的品质。当然，若把它买进，是要费些周折的，后来我的行动终于感动了它的主人，一位旗人大爷操着一口京腔说："也就是您了，就凭您对它这份留恋，我舍弃了。"当然根据它的价值和主人对它的热爱，我给大爷留下了体面的报酬。

我常把我的收藏排列成行，竖在墙上，就像一架管风琴，从几寸长的到几尺长的，枣木的、梨木的、杜木的、杏木的，还有那根上档次的铁木，它们身上都不同程度地粘着面粉，那面粉在上面也许滋了几十年，或百年，它们仍然顽强地依附在杖体上。我最喜爱那些滋着面粉的擀面杖，这证明着它们曾和其主人——一个个劳动者亲密无间地接触。如果讲气质的话，这便是它们的气质。现在你欣赏它、抚摩它、把玩它，一种扑面而来的劳动情绪也自然会传染给你。它能使我的心绪沉着、精神专注。

一个人若能沉着地专注地做事，便是最大的福分了。

2017年3月

2017年3月18日发于《燕赵都市报》

最美的菜蔬

我姥爷姓姜，擅长种菜，常住我家。

我们笨花村人本无种菜的传统，吃菜也单调，入冬只吃白菜、萝卜。春天吃干白菜、干萝卜。春夏交接时无菜可吃。盛夏时吃南瓜、茄子。我姥爷在我家种菜，偏要种出些新鲜，他种菜花样繁多，均属细菜，有的还冠名文雅："蜜蜂菜""羊角葱""小茴香""灯笼红"……在我们这块种菜无传统、无借鉴的土地上，他居然是一位种菜成功者。

姥爷粗识文字，终日叼根短烟袋，沉默寡言，连跟他的女儿——我的母亲也很少语言交流。然而他为人温和、整洁。在他居住的屋子里，木板床上的白床单竟一尘不染。床的上方还挂有一幅先前被哪位老人遗忘的清人王石谷的"青绿山水"，更为这位老人增添了几分"气质"。但他在意的不是王石谷，是他的种菜事业。

姥爷种细菜还种"奇菜"。那奇菜奇到你不可想象，奇到出其不意——他会种一种叫"玉玲珑"的黄瓜。而这奇妙的"玉玲珑"只在春节时，他才为我们献出。这在那个种菜既无暖房又无暖棚的时代，更是种菜的奇迹了。原来在种"头伏萝卜二伏菜"的伏天，姥爷就把黄瓜的种子埋在一棵棵白菜秧的旁边。白菜长，黄瓜也破土而出，到白菜"裹心"时，黄瓜的果实也有一拃长了。这时，姥爷巧妙地把几根一拃长的小瓜"埋"入菜心中，之后这棵小瓜的生长过程便是在菜心中完成的。只待霜降过后起菜时，姥爷便把白菜和瓜秧一同拔起，置入菜窖。

春节时，就着家中的"饺子宴"，姥爷就会搬出一两棵包着黄瓜的白菜，亲手把它切开，取出这个举世无双的稀罕物件，再将它捧给大家。他自己并无言语，顶多说声："看!"全家人以惊奇的目光对这物件注视许久，谁都舍不得先下手去吃。

"玉玲珑"是我父亲为这瓜起的名字。他是一位医生、一位喜弄文字的先生，说："他姥爷，这瓜就叫玉玲珑吧。"我姥爷只是笑，他笑得谦逊、笑得知足。

有谁能形容出一条"玉玲珑"的价值!

2011 年

天皇皇、地皇皇

天皇皇、地皇皇，

我家有个夜哭郎，

远来的君子念三遍，

一觉睡到大天亮。

　　这是一个告示，这是一个帖子，写出来像药方。它常常贴在村西的一棵老柳树上。这柳树后面有一个坑，叫柳树坑。是个干坑，坑里还有几棵半老不老的柳树，下雨时坑里积起村里流出的雨水，水里滚着猪狗粪和牲口粪。青蛙遇水也立刻鸣叫起来。几天过后，坑里雨水渗干，坑还是个干坑，干涸的坑底龟裂着，只有坑边几小片芦苇更茂盛了。

老柳树上又贴出了"天皇皇、地皇皇"的告示，它告示着这村又一个新生命的诞生，这个新生命爱哭。于是过路行人（识字的和不识字的）便停下来念。谁都愿意因了自己的念，让那个小生命一觉睡到大天亮，也愿自己是位君子。识字的人念，还会发现帖子上的书写错误。天皇皇本是皇帝的皇，这帖子却写成红黄的黄；夜哭郎写成夜哭狼。不识字的人也能"念"，因为他们已背熟了上面的字。他们的上辈、上辈的上辈已经念了无数个年头。

少年时我们也常围住这柳树看，猜着这是谁家又贴出了告示。但上面的字以及君子不君子，对我们并不重要，我们在这里自有我们的任务和乐趣。抗日了，我们是村里的儿童团，儿童团领了任务，在这里站岗放哨，监视、盘查着过路行人，若发现形迹可疑的人，就把他们交给八路军，八路军不在村，就把人交给民兵。我们才是君子。柳树坑就是我们站岗放哨的固定地点，我们在树上、树下、坑里、坑外警惕着远方来人，也想着自己的事。

儿童团站岗一班三人，我总是和一个叫歪巴的分在一起，还有一个叫二冬的。二冬是个老实人，干干净净、少言少语，叫上树就上树，叫蹲在苇塘就蹲在苇塘，遇事叫他去联系民兵，他跑得比谁都快。歪巴不一样，在村里属

"坏"孩子，坏就坏在该他知道的事知道不多，不该他知道的事知道不少。比如念过的课本他不知道，家里交给他的事，他从不在意，坏事可知道不少。我们所谓的坏事，莫过于男女之事了。村中的女人都知道歪巴的坏，因为他爱看女人，看女人不该看的行为和不该看的事，看了还讲。他会突然问你女人的这个、女人的那个。你回答不上了，他就嘎笑，显得很得意。

这天我和二冬在树上向县城方向瞭望，我们离县城六里。歪巴躺在坑里树凉下朝树上喊"哎，伙计"，他常管我们叫伙计。"你们说，新女婿和新媳妇上了炕吹了灯第一句话说什么?"我们谁也不理他。他又朝树上喊："哎，伙计，说呀。"

对于歪巴说的事我们不知道，也想不出来。歪巴又在下面喊："莫非还得我递说你们。就这么点事。"这时我在树上发现了情况。我朝着歪巴说："别闹了，有情况，注意!"有个女人正朝着笨花村走过来。她不像本地人，穿着打扮和当地人也不一样。她在路边上看看走走，走走看看。

歪巴早已从坑里蹿起来，站在了柳树下。遇有情况他比谁都机灵。这也就是我们还愿意和他一块站岗的原因。

我和二冬从树上出溜下来，那女人已经站在我们面前。

"哎，哪村的？"歪巴截住那女人便问。

"太平庄的。"那女人说。

"到哪儿去？"歪巴又问。

"到 …… 堤下。"女人打了一个奔儿说。

"到堤下干什么？"歪巴又问。

"去 …… 看俺姥姥。"女人说。

其实我们早已听出了问题，堤下村在城西，我们村在城东。再说，我们这里管娘的娘叫姥娘，不叫姥姥。

那女人好像知道自己说错了话，显得有些局促不安，两只手抻抻衣服，捋捋头发，原来她头发上是使过油的。我们这里看女人很在意头上的使油，使油的女人，大半都不是"普通"人。再说她的衣服和当地人也不一样，当地妇女的衣服都模仿八路军，很长。常言说"二尺半的小祆子"。这女人的上衣很短，短袖，齐着腰。我们对这女人已经有了初步的认识。我拍拍二冬的腰，二冬心领神会地就去村里报告民兵了。

对于行人的认识判断很重要，我们在柳树下已经发现了一些人和事。前几天有一个卖花椒大料的小贩，在花椒底下就藏着烟土。有一天还查住一个要饭的女人，蒸饼子里包着一个鞋油盒，盒里就有"白面儿"（海洛因）。这些人都是从石家庄过来的毒品贩子。有人什么也不带，也不一定是好人，没准儿是来打探八路军情报的。

我们不放那女人过去，女人就向歪巴赔起笑脸，还扭扭捏捏不住往歪巴身上靠（歪巴比我们长得高大，其实他才十四岁，比我们大两岁）。歪巴看看那女人又看看我，看看我又看看那女人，意思是对我说：看见了吧，这女人还能好得了？

民兵来了。几个人都拿着枪，有快枪，也有土枪。民兵们又朝那女人问了一些话，那女人越说越不对，民兵就不客气了，要搜。民兵搜人不管不顾，搜到哪儿是哪儿。我们也要被撵到一边儿，我和二冬就赶紧跑上就近一个土岗。歪巴不走，民兵也不撵他。

我和二冬站在土岗上看柳树坑，民兵把那女人围在芦苇中。歪巴在人后挤来挤去，探头探脑朝里直看。看了一会儿就朝我们跑过来。

歪巴呼哧带喘地跑过来，兴奋异常地说："哎，伙计，搜出物件来了。知道藏在哪儿吗？就藏在那儿。"他朝自己的腿裆指了指，还怕我们听不懂，就说了一个"脏"字。歪巴得意地嘎笑着说，民兵从"那儿"拽出一截一拃长的自行车内胎，胎里装着"白面儿"。

"是我给民兵们指出来的！"歪巴强调着这一点。

歪巴立了大功似的，跑过去又跑回来，一趟一趟，兴奋着自己。我浑身冒着汗，这天也热。自己倒有几分羞惭难忍似的，就像我们做了什么坏事。

一场搜查过去，那女人还是成了这场战斗的"战利品"。之后的事是民兵们将那女人光着下身绑在老柳树上示众，她头上顶着"天皇皇、地皇皇"。远来的"君子"驻足下来，不再念那告示，只盯着眼前。当不当君子已不再重要。也有的君子就君子般地掩面而去。歪巴在那女人面前比比画画说着什么。

我在远处看那柳树、那告示、那女人，都很模糊，只觉出那告示、那女人都很白很亮，影影绰绰，兴许是后面的柳树太黑了。太阳也毒。

天黑下来，那女人还和"天皇皇"在一起。没有人去解救她。第二天柳树上才没了那女人，对此歪巴又有了调查。他说，黑夜有个假民兵解下了她，当然要讲些条件的。假民兵把那女人解下领进庄稼地，女人就在庄稼地里满足了他的条件。她天亮时离去。走时因为没有裤子，假民兵就把自己的裤子递给了她。自己说："一个男人好说。"

歪巴是怎么察觉那女人下身有事，又把那地方指给民兵的，他没说过。又是怎么了解到假民兵和那女人的一切的，也没说过。歪巴是有"侦察"能力的。

日本投降了，歪巴当了解放军，凭着他的侦察能力，成了一名侦察英雄。分区有个《战斗报》登着侦察英雄甘歪巴巧入敌后、侦察立功的故事。歪巴姓甘。这张小报在老柳树上挨着"天皇皇、地皇皇"一贴许久。后来解放军攻打元氏县城，甘歪巴手托炸药包去炸城墙，还没有到达指定地点，敌人的子弹打在他的炸药包上，甘歪巴光荣牺牲。笨花村第一个新式追悼会就是为甘歪巴开的。灵棚搭在柳树坑前，旁边就是那棵老柳树，又有人贴出了"天皇皇、地皇皇"的告示。

2010年岁首大寒

缅怀纯洁

女店主菊菊

　　这列火车很慢、很旧：笔直的椅背，狭小的窗子，昏黄的灯光，近似凹陷的地板。但车上的年轻乘客穿的是绝对的现代装束。少男们把头发理成"高鬓"，少女们梳着"棚儿"，T恤衫上不分男女印着马拉多纳或格瓦拉。年轻男女们越是刻意打扮，就越发显出这车的逊色。一早一晚总有一列这等规格的车从北京向着西南开出，驶过那个旅游区。十年前那里还是一些不为人知的小山村。有个村子叫台儿沟，台儿沟紧连着这里的山水，就格外热闹。

　　我是来这里写生的。正是春天又逢周末，车上分外拥挤。那些结伴旅游的少男少女为了争得一块适合自己的地盘，不惜口舌地跟"散客们"换座位，他们甜丝丝地管你叫师傅，叫大哥、大姐、大伯、大爷，说他们是如何如何需要这块属于你的一席之地。有的散客受不住他们的"哀求"，从行李架上够下自己的衣物挪开了。于是，在这块一统天地里，少男少女们相互"掺和着"把腿伸直，摆出扑克、瓜果、香烟为胜利欢呼起来。我作为一名散客，没有"屈服"，对号入座，坚信着我行为的正确。当然，他们也就不再叫我师傅、大爷，有人还显出恼怒地说："算了，跟这种人讲不清道理，少跟他废话。"一时间，我便成了一个不讲道理、不值得使他们废话者。我躲过这些愤怒的眼光，看看窗外，看看行李架上我那个大背袋，再把一个玻璃水瓶摆上小桌。

车内歌声响起来，烟雾飘起来，少女们不失时机地把头扎在少男的肩上，希望人们有目共睹。同时，也传来手对小桌的敲击声，那是有人在摔打扑克了，有打分的，有拿它算命的。要是一个少女算出了一个少男的命相，立刻会传来一阵爆炸似的笑声；如果一个少男算出了一个少女的命相，笑声还会夹杂着少女对那少男的拳击声，少男被击得东倒西歪，有时还会半真半假地摔倒在椅子夹缝里。

我所在的那个四人空间里，有了我的固守，连同我的三位散客倒像是被时代遗忘了似的。我和我旁边一个空座更显得冷清。

列车离开北京，很快进入黑夜中的山区，车里昏暗，灯光倒显得比刚才要亮。我把脸转向窗外，看车里的灯光是怎样照亮了近在咫尺的山壁，看远处一个星座是怎样跟列车同行。当我再把眼光移回来时，我身旁那个空座就有了人。这是一个女性，确切说是一个少女。她的穿着虽然也现代，但显然不是远处那些女子的对手：一件粉红色衬衫的领子，翻在一件化纤西服之外，领尖上还绣着一簇小花和一簇小果，牛仔裤虽然入时，一双黑高跟鞋却明显和裤子失去了协调。她的头发天然而乌黑，长的头发用一条手绢拢过来，斜搭在肩前。但脸和眼睛却健康美丽。肩膀浑圆，蓬勃的筋肉从垫肩下隆起。我猜这不是一位旅游者，而是一个乡间女子，我不忍心把这种女孩子叫作"老赶"，但她们在追赶新潮时，往往还透着村气。再说她身上分明飘着乡村女孩所独有的气味。对这气味，我不陌生，那是她们那本属于大自然身躯的蒸发，先前我坐在农村炕上为农村姑娘媳妇们画像，面前常飘来这气味。

面对身旁这个少女，我自然地向窗子那边挪挪，好把我多占的那部分让出来，但这女子并没有迫我挪动的意思，她只守住椅子的一端，不时露出心满意足的微笑。

"是旅游去吧？"她突然问我。我只"嗯"了一声算是回答。

"从台儿沟下?"她又问,身子向我这边挪挪。

"我去福山梁。"我说。

福山梁在台儿沟的前一站。其实我的目的地分明是台儿沟,我不知为什么非要向她打这个埋伏,把目的地说成福山梁,是因了她的多话,是因了她那不合时宜的衣着,是她那大自然赋予的一身气味。其实论气味,这本不该是我讨厌的,人有时讲违心话,实在连自己也搞不明白。

她显出些失望,头向一边偏下来,不时抻抻上衣。那边嘈杂的声音又明显地高涨起来,有过分失态者,嘴无遮拦地吐着脏字,那脏字随着对小桌的敲击四处飞溅。

"你是记者吧?"她的声音从一片脏字里跳跃出来,像是向我宣布,她本没有听到那脏字的传播,最好我也没有听见。

"我不是记者,是画家。"我说得认真,也表示我没有听见有什么脏字飞过来。

"那就去台儿沟吧,台儿沟净去画家。"她说。"我也去过。"我说。

"我怎么没见过你?"她打量起我,打量里少了许多腼腆。

"我去那工夫大概······你还小吧。"

"我说呢。"

她把手插入衣兜，眼睛盯住自己的鞋，鞋上分明有一层厚厚的灰尘，能看出她是经过一番奔波的。

我猜测着她的年龄，也猜测着她的职业，我想她应该是十八或者十九岁，职业嘛……

她告诉我她从北京来，坐早车去的，坐晚车回来的，如此我已判断出她的职业，这应该和那里的旅游业有关，也许和家庭旅馆有联系，我知道他们那里的家庭旅馆已经应运而生，他们争抢着到北京拉客源。于是我问她："一天一个来回莫非和家庭旅馆有关？"

"嗯哪。""嗯哪"是当地人表示肯定的语气词。

"你喝水不喝，我给你倒去，茶炉在十二车厢，你可挤不过去。"她说着便伸手拿我放在小桌上的水瓶，仿佛猛然想到了自己的职业，立刻要为客人做点什么。

我们坐的是六车厢，我告诉她我不喝水，她显出遗憾地说，其实她能挤过去。我岔开话题问她："到福山梁还有一小时吧。"我看看表问她，再次向她证明自己要去福山梁。

"嗯哪。"她也看看表，那表是块跳字的石英表，金灿灿，用块小手绢勒在腕子上，看时把小手绢扒开，看完再盖上。农村女孩常有这习惯。

"去台儿沟吧，嗯?"她又动员我，声音里带出温柔和恳切，伸出手从行为上也想对我表示些热情，但又不知如何表达。

"我想我还是去福山梁。"我说。

"你去不了。"

"为什么?"

"下车要走七八里山路，还得蹚水过河，没有月亮又没有灯。"

我看看外边的夜是挺黑，一条河和铁路并行，我知道这河蜿蜒在整个旅游区。想起十几年前，我过河时，高高挽起裤腿把画具高高举在头上，像三千里江山的朝鲜女人。现在，晚上再顶着画具蹚水?

她看我犹豫着光看窗外，便又对我说，河上有座漫水桥，去年闹大水给冲了。说，我还能骗你，你看我像骗人的样子吗? 她一面说着把自己完全转向我，转得很坦诚、很麻利、很无顾忌。她那浑圆的肩臂、浑圆的胸、诚挚的眼神都为她做着证明，证明她没有骗我 —— 桥被冲了。

人有时不知不觉就从对方那里获得了坦诚，如同人有时不知不觉就从对方那里获得了不坦诚。

"这么说，我得跟你走?"我问她，其实我的目的地本来就是台儿沟，现在也算半推半就吧。

"没错。"她说。

"没错。"这是一句最时尚的语言，对台儿沟人而言，便是一句外来语。我又想到她的职业。

"你家有清净、干净的房子吗？"我连着问。

"没错。"她又说。

"那……"

"你是不是问价钱？"

"总得先问问吧。"

"也不怪你，哪有不问价钱就跟我走的。是这样，单间一天十块。大通铺便宜，你又不住。保险你不后悔。"

"行。"我终于下了决心说，"就跟你走，明天再返回福山梁。"

她放下心来，也少了一路的拘谨，把她那件化纤外衣脱下来扔在椅子上，只剩下那件紧绷在身上的粉红衬衫。她嘱咐我不要动地方，她要去另一个车厢照顾另外四名游客，那是她从北京南站"拉"来的客人。

我坐过了福山梁，十几分钟后在台儿沟下了车，车上的人几乎下了个空，寂静的小站突然热闹起来，接客的男女店主晃动着手电，一些有"主"和没"主"的游客跟手电在站台上攒动着。这个少女带我们一行五人，优先从高高的路基上走进台儿沟。台儿沟这个从前一到黄昏就进入梦乡的村庄，现在家家灯火通明，家庭旅馆的灯箱广告比比皆是。

这确是一个优雅的院落，水泥墁地，几棵山梨树已开花，满院清香。她把我领进一个单间，房子确实洁净，白的床单、淡蓝的被罩都散发着阳光味。她开始不停地为我送水 —— 洗脸水、洗脚水、喝的水，还为我把枕头拍拍松，每进来一趟就观察我一番，看我对这房间的态度，当然也是对她的态度。

这一夜我睡得很香，床虽然是硬板，但有洁净的被褥，有院里的花香，许多书上写到花香对人有一种催眠作用。

第二天一早，我背上画具向一个叫百里峡的山谷走去，在路上一位老者竟认出了我，先前我来台儿沟曾住过他家，他姓郑。老郑截住我和我聊起来，聊这十几年的变化，聊旅游业的前途。末了，他问我这次住在谁家，我告诉他那个家庭旅馆的位置。

"是菊菊家。"我这才知道少女叫菊菊。

"那是菊菊开的店。"老郑把旅馆说成店，使人觉得这话的不合时宜。如此说来，菊菊变成了店家 —— 女店家。

"三等。"他没头没脑地说。

"你是说……""菊菊的店是三等。有席梦思吗？"老郑问我。"没有。"我说。"有电视吗？"他又问。"没有。"我说。"有落地扇吗？"他又问。"没有。"我说。"看。是吧。三等。""那一二三等有什么区别？"我问。

"区别可大着呢。一等十块，二等六块，三等三块，这是国家的规定。菊菊给你讲的是不是这个价？"

"是，还没讲过价钱呢。"我想到那散发着阳光气味的床单和被罩，那一树树山梨花。我替菊菊支吾着。

"三块。阵脚不能乱。"老郑嘱咐我，"菊菊的店，三等，三块，你记下了。"

我告别老郑，画完写生向回走，觉出有些沮丧，觉得人对人的判断终归是个无底洞。在火车上，她把一副浑圆的臂膀、浑圆的胸无顾忌地朝向你，眼光分明又诚挚，然后说了那么多"没错"，于是你便相信这就是人间的真诚所在了。却原来三等三块。

已是下午，我回到菊菊的店，关起房门，躺在菊菊的木板床上，想着，不久我真的要离去，去我那个信口说的福山梁。院里静得出奇，只有一个女孩的歌声，她一面洗着什么东西，一面唱着《亚洲雄风》《星星知我心》《一无所有》，什么都唱。待到晾晒手下的衣物时，便把衣物抖得啪啪山响。我知道这只能是菊菊。菊菊的歌像是唱给自己，又像是唱给我，她好像知道了老郑告诉过我的话，用行动在嘲弄我这个受了她捉弄的傻瓜。

我不住看表，时针已过四点，我就要离开菊菊的店了，也许一场麻烦正等待着我和菊菊，我打开了房门。

原来菊菊不光在洗晒衣物，也洗涮了自己，昨天身上的风尘已不存在。湿漉漉的头发披在一件紧身毛衣上，毛衣上净是菱形的方块，红的、灰的、白的。一双白净的脚踩在一双淡黄塑料拖鞋里，浑圆的肩和胸也不再有遮掩。"哎，你是说火车五点过台儿沟吗？"我问菊菊。

"五点零六分。"她说，从一个白单子后面闪出自己。

"那，咱们结账吧。"

"着什么急。""你是说过一天十块吗？""十块。都是这个价。""可，你这是几等……噢，几级的旅馆？"

"你说什么？"她似有警惕地问。

"我说你这旅馆是哪一等。"她迟疑了一下说："我们这儿的旅馆不分等。""可我听说你们这儿的旅馆分等级。"菊菊又迟疑片刻，大约在考虑如何应对我。"你听见有人说过我们这儿的旅馆有等级？"菊菊问我。"听见过。"我说。

"一等。"她说。"一等？""一等。""不对吧。"我说。

"有什么不对?"她问。"有席梦思吗?"我笑着问。"你说呢?"她也笑着反问。"有电视吗?"我还是笑着问。"你说呢?"她也笑着反问。"有落地扇吗?"我问。"你说呢?"她还在笑。"是你的店呀。"

"怎么是店。莫非我是个开店的。"她站在一幅白单子前,脸显得很红,挑衅似的看着我。

"店也罢,旅馆也罢,还是结账吧。我到底给多少?"

"我说过。"

"非要十块?"我摸索着口袋。

她不再说话,脸上也失去了刚才的笑容,只拿眼睛盯住我,挑衅似的眼光还在继续。

我掏出一张十元钱交到她手中说:"既然你说过的话不收回,我答应的事也不收回,不过你的旅馆……"我没有再说出三等,是她那挑衅似的眼光制止了我,但她又有些不知所措,十元钱在她手里卷过来卷过去。

我进屋赶忙整理背袋,她只靠在门边上不错眼珠地望我,十元钱还在手里揉过来揉过去。刚才那副挑衅似的眼光此刻又变成了无尽的委屈。

我提起背袋向她做着告别。"我送你去。"她把我一拦,说完才把钱塞入裤兜,劈手夺过我的背袋,抢先走出了街门。我跟上来，她在前面头也不回，有姐妹同她打招呼，她也不理。待我走到路基跟前，她早已跑上高高的路基，我走上路基，她已不见踪影。我在人群里，东找西找，她却从不远处的票房奔了过来。"这是你的票。"她把一张车票交到我的手中。

"这太麻烦你了，我给你钱吧。"我说。

"还是画家呢。说的那话都不入耳。"她说。

"不行。钱说什么也得给你。"我边说边掏钱。

"这么说，你真的瞧不起我了。"她的眼光又变得犀利、难以猜测。

"不……不是……是……"

"什么不不的，快看看你那票，买错了没有吧，车就要过来了。"

我不再想着还她钱，心想，反正房费你是多收了，便拿起车票看看。原来，票上不是福山梁，是风光渡。风光渡距台儿沟一小时的路，那是另外一个旅游地，它比台儿沟开发早，"佳话"多，佳话里包含着男女之间那些无尽的幻想。

我拿着这张去风光渡的车票，一身的不自在。她一定是发现了我的不自在，悄声对我说，她也去风光渡，说时，眼光直视着我，那眼光里有挑衅，也有求情，有勇敢，也有怯弱。她直视着我，手里捏着一张同样的车票，一只脚在地面上搓来搓去，脚上还是那双淡黄色半透明的塑料拖鞋。

我很诧异，问她："你也去风光渡?""我也去。我请你去，找个一等的住。咱俩。"她说。"……"

"我可是第一次张嘴请人。"

"就因为多收了我的钱?"

"任你怎么说吧。"

火车喘息着进了站，站上的人朝车厢一拥而去。我找了一个人多的车门，狠命向前挤，头也不回地挤在了人前，生怕菊菊和我同上一个车厢。幸亏我刚才同她说话时要回了我的背袋。

火车开动了，她果然没有挤上来，我猜她一定上了另一个车厢。车厢里又有人和散客们调换位置，现在作为一个散客的我站在车门就够了，十几分钟后，我将在我的目的地 —— 福山梁下车。

列车经过十几分钟的运行，终于到了福山梁，我第一个下了车。

我背起背袋三步并作两步在人群里穿梭一阵，当我奔下路基，勇敢地向后观望这列绿色的长龙时，它已开出了站。接着就被一个隧道吞没了，这一带隧道很多很长。菊菊的脸在我眼前一晃，她坐在一个靠窗座位上，正自信地看着前方，似乎一点儿也没防备我提前下车了。

2009 年初稿
2013 年再稿

为我烧炕的女孩

至今我游历的中国名山大川还很少，我愿意到距我最近的太行山写生。从二十世纪七十年代开始。那时正是我们这个民族不太重视艺术的时代。

又是一个冰雪消融、草木返青的季节，但山区仍是寒冷。当你走进农民的土屋子，坐上屋里的土炕时，寒冷便会立时朝你袭来。

我身背画具在镇上下了长途汽车，来到一个叫宋王岭的山村。听同事说，这里依山傍水，建筑也有特点，说远处还有一个大水库，像西湖风景。还说，那里山民朴实，拉个山民当模特儿，让他坐哪儿他坐哪儿，在你"风景"里一坐半天，不说累，大队还给他记工分，只当出工。

宋王岭地处一个近山的丘陵地带，算不上典型的山村。

大队把我安排在一个叫宋老善的人家中。宋老善的老伴已过世，儿子在保定当兵，只有一个叫西芹的闺女跟老善相依度日。

西芹十四五岁吧。

我按队上的指点向老善家走，发现前面有一个闺女小跑着像给我引路，快进门时，我才得知这就是西芹。西芹先跑到家门口，一条腿站在门内扭着身子只向我笑。

我跟西芹进了院子，进了屋。屋子很空旷，是一间闲屋子。炕很大，很空。我把画具放在炕上，自己也想上炕伸伸腿。

西芹看我上了炕，就连忙往外跑，原来她要为我抱柴火烧炕。

北方的炕有两种：一种连着锅台，灶膛起火做饭时，炕也热了。一种炕是凉炕，只在用时才烧。炕的正面齐地有个炕洞，专为点火，凉炕只在点柴起火时，炕才会热。

西芹抱来柴草，跪在炕前就地点火。我也才觉出这炕的凉。炕的凉是沁人肺腑的凉，有句俗话叫"傻小子睡凉炕"，意思是只有傻小子才不怕炕凉。

我坐起来看西芹点火。她划根火柴把引柴点着，再把引柴塞进炕洞去点燃炕里的柴草，就开始吹火。她侧身趴在炕前，鼓起腮帮，朝着炕洞猛吹。火苗终于升起来，映红了西芹的脸，一阵欣喜也在西芹脸上油然而生。

我注意看西芹的脸，想起苏联画家普拉斯托夫的油画《拖拉机手的晚餐》，画上有个像西芹一样年纪的姑娘，在夕阳中俯着身子给两位拖拉机手倒牛奶，看上去很美，像现在的西芹一样。但你又无法用"美"这个字来形容她们。如果一定要形容，大约就是"圣洁"。对，健康，明丽，圣洁。

炕被点着，西芹站起来面对我倒显得手足无措了。她拍拍沾在身上的烂草，跨过门槛，跑了出去。晚上我吃派饭回来，进来看炕的是宋老善。他进门先伸手摸炕，又蹲下身子向炕里添了柴火，说，炕总算烧热了。我说西芹可是个好孩子。老善说，好是好，就是整天不说一句话。我这才想到，原来我还没听西芹说过一句话。

老善就着炕头点着一袋烟，说村里有个戏班，唱老调梆子，是祖传下来的。村里还有个乾隆年间的戏台。他是戏班里的鼓师，能打上百出戏，可现时老戏不让唱，光让唱《红灯记》，《红灯记》又没个"打"头。我知道"打"戏是鼓师的专用术语，鼓师是一出戏的指挥。老善说着，脸上显出无尽的遗憾。我决定换个话题，问宋王岭水库的事。老善告诉我，水库在村子西面，走二里上一个高坡，就能

看到水面。"那是个好地方，仙境一样。"老善说，"这几年哪儿都变，就是山不变，水不变。"

果然当地人对这座水库有着特殊的感情。我在西芹烧热的炕上躺下来，体会到热炕对于人的意义。

第二天起来，浑身筋骨像得到解放一样，在通往水库的路上，走得格外轻松。

我沿着老善指的方向走，发现西芹又在前面引路了。她一定是从父亲那里知道我的行动计划的。她在前面小跑一阵，停下来向后看看，又小跑一阵，再停下来向后看看。直到她先我一步走上大坝高坡的顶端。我喘着气爬上坡顶。

西芹看我上来，还是一脸满足的笑。我想起老善的话：西芹好是好，就是整天不说一句话。我决心让西芹说话。

这确实是一个好地方，好就好在这山水的搭配。我找个角度，打开画夹。西芹在一旁看，想帮忙，又不知如何下手。我要让西芹说话。"你们这地方种芹菜吗？"我问西芹。西芹没有应答。"西芹也是一种菜呀。"我说。

西芹还是没有应答。

"那你为什么叫西芹？"我问。"知不道。"西芹终于说话了。当地人管不知道叫"知不道"。"啊，我听见西芹说话了！"我故意高兴地拍起手来。西芹却撒腿朝坡下跑去，头也不回。我看着西芹的背影，研究着西芹的性格。我坐下来画水库，想起一句画界名言：水像一面镜子。

这在风平浪静的时刻就更能体现出来，现在风平浪静。远处玫瑰紫般的山峦映在水中。

我画完宋王岭水库，回到西芹家，把画贴在墙上。西芹跟了进来，站在画前，脸上是无尽的好奇。我还是要让西芹说话的。

我说："你看这张画好不好？咱俩也得讨论讨论呀，你也不能光给我烧炕呀！"

"知不道。"西芹又是这样回答着跑了出去。第二天我再上水库时，西芹没有带我，我决定不再往高处走，坐下来画这条通往水库的路。这是一条蜿蜒而上的光明小道，它能引你向前走，大凡能引人向前走的路，都是迷人的吧。我为这张画定下的题目为《通往水库的路》。

回到西芹家，我把这张《通往水库的路》和昨天画的"水库"并排钉在一起。西芹也走进来，我又要引西芹说话了："西芹，这张好不好？知不道。"我替西芹说。

"知道。"西芹说。

这可是怪事，西芹又说话了。我说："你接着说，这两张画哪张好？"

西芹毫不犹豫地指着《通往水库的路》说："第一好。"又指着"水库"说："第二好。"

"这是怎么回事？"我问西芹。西芹指着"第一好"说："能上去，上去再……再看水，更好。"西芹不仅说话了，还道出了一个艺术欣赏的规律："联想"和"直白"的比较。联想是更重于直白的。在一条通往水库的路里，有联想的存在吧。

我围绕宋王岭水库画了不少画。和西芹分别时决定送一张画给她。我指着一片作品说："西芹呀，挑一张留下吧，你用手一指就行。不用说话。"

我想西芹会指"第一好"的，但她却指向了"第二好"，她把"第一好"留给了我。

西芹送我出村。路过那个乾隆年间的戏台，台上正唱老调梆子的《红灯记》。奶奶正给铁梅说家史，"铁梅"是位中年妇女，脸上的粉涂得很厚，眉毛也画得很黑，单薄的戏衣罩着她的厚棉袄，腰显得很粗。但嗓门儿大，声音从戏台上方四散开去……"打不经（尽）车（豺）狼，决不下战场。"

老善的鼓打得很精神，一手拿鼓板，脚也在鼓以下跺。我想站下再听一听，但西芹替我背着画具早已走到远处去了。我知道她要催我快走。我追上西芹说："唱得不是挺好吗?"西芹说:"整天这一出。"我和西芹在村口告别,西芹先开口问我:"明年还过来不?"我说:"过来。"西芹把画具交给我,转身向村里跑去。她没有目送我上路,那是她认定我明年还会过来。然而,明年我没有"过来",又过了一个明年我还没有"过来"。我"忙"了,一个万物复苏的新时期到来,大家都忙了。于是我带着几年来的"积累"四处游走,去向世人展示,这积累里也包括了和西芹在一起时的那些收获。有一幅叫《通往水库的路》的写生作品,一再出现在我的展览和各类画册中,我珍惜这张画,因为它总让我想到西芹,想到西芹那张明丽、健康、圣洁的脸。就这样,我走过了地球上一些地方,这一走就是几十年。

几十年过去了,忽然我又有了再去宋王岭找西芹的念头,我这才"过来"了。此时,我已是一位"80后"的老人,我在宋王岭村的街道上寻找西芹的家,寻找那个乾隆年间的大戏台,我知道绕过戏台走不远就是西芹的家了。然而村里却没有了那个戏台,老街也改变了模样,处处是新的屋顶新的墙,粉白的墙头上显示着"与时俱进"的广告:"买水泥到我家,4558658""村西老梁家收购蝎子"……像许多新农村一样,宋王岭村已是一个全新的宋王岭村,已不见西芹家的老门老房子。后来我在村民的引领下还是找到了西芹的新家，那是几棵不高的杂树包围着的一个像临建一样的屋宇。西芹在哪里？一位两鬓斑白的大妈从屋内走出迎接了我。

她面对我这位不速之客，站下来，抻抻身上一件不合体的、扣子也不完整的大外套，脸上只是一片茫然。当然我也是同样的茫然，我在分析猜测这是西芹家的谁。很快村人就告知我说，这就是你要找的人 —— 西芹。西芹还是一脸茫然，两手不停地抻她身上的大外套，惊异地把我注视良久。

我问她："认识我吗？"西芹摇摇头说："知不道。"这是她，她爱说知不道。我说："我是在你家住过的那位画家。"西芹还是说："知不道。""你给我抱柴火，烧炕，吹火！"我说。西芹不再说知不道，但对此还在疑惑着。

我又对她说，那是在他们的老院子里，我住她家那间闲屋子，屋里有盘凉炕，我来了，她为我抱柴火，点火，烧炕……

终于，西芹"醒悟了"。这时她先是走到我跟前抓起我的手，然后就扑向了我，我和西芹抱起来，脸上都挂着眼泪……

当然，西芹的脸不能再用明丽、圣洁来形容，岁月在她的脸上刻画下许多被磨难的痕迹。刚才在寻找西芹的路上，村人就告知我，宋老善久病昏迷卧床不起，至今西芹仍然和父亲宋老善相依为命。她不曾离家，只有三次招婿入门的历史，三次招婿又被来人嫌弃而离去。

原来属于西芹的那些日子是这样的。西芹和我相认后，我又进屋来看她的父亲宋老善。老善仰卧在简单的床铺上，一条花被卧胡乱搭在身上，两眼望着天。我和他做着各种交流都无济于事，后来我想起老善唱戏的经历，就用两句《调寇》中的唱词来试着唤醒他。我附在他耳边大声唱道："都只为潘杨两家事，急把我寇准调进京。"果然奇迹发生了，老善睁开了眼还和我牵住手，一汪清澈的泪花在他浑浊的眼眶里转悠着。

我和老善告别，西芹把我送出家门，在当街不顾乡亲的围观，再次抱住我痛哭着。

我和西芹在宋王岭村里走了半条街，在村口分手时，她还是用那句话问我："明年还过来不?"我说："过……过来。"但我说得非常不肯定，不恳切。

2015年立冬

发于《散文》2016年第2期

《散文海外版》转载

缅怀纯洁

　　二十世纪五十年代初，我所在的省会城市保定，只有一家电影院，它坐落在一条叫东大街的狭窄马路上：几扇黑洞洞的门被几条油渍渍的门帘遮盖着。里面是几十张木条椅拥着的一个浅薄舞台，那舞台像个靠墙而立的"簸箕"。门前是拥挤着的菜摊和肉铺，有人买票必得侧身而过。当时被称作年轻文艺工作者的我们，排队到这里来看电影。我们掀开门帘，踏着凹凸不平的砖地鱼贯地找到座位，看《夏伯阳》，看《政府委员》和《白衣战士》。开演前总有一位男士操着一口标准的保定话通过麦克风提醒"观众同志们不要光膀子"。而这时那男士正光着膀子挤坐在场地中央。他眼前是一支铁拳似的美式麦克风。

　　我们在这里看电影，也听报告。那时的报告很多，关于政治的，关于形势的，也有关于业务的。报告要由不同的领导干部来作。与我们业务有关的报告，自然就是文艺。报告时，总有几位领导陪报告人，坐在那个浅薄的舞台上，他们背靠"簸箕"，眼前还是那个铁拳样的美式麦克风。

一次，我们从北京请到了作曲家马可来作业务报告。当时的马可先生正大红大紫着，他们的《白毛女》在解放区还没有演得尽兴，他的一批新歌又随着全国的解放唱遍全国了。《咱们工人有力量》便是其中的一首。这次他的报告主题是"新文艺工作者如何向民间艺术学习"。他以现身说法的形式，论证着这问题的至关重要，说《咱们工人有力量》就是借鉴了京剧唱腔的。再说直接些，便是借鉴了京剧《苏三起解》中那段脍炙人口的"西皮流水"。你听，他唱道："'咱们的脸上放红光''将身来在大街前'，像不像？"全场听众立时茅塞顿开。我猜，坐在台下的歌曲作者们一定会暗自思忖：我怎么没想到。原来大智者，都能给人以出其不意的。"苏三离了洪洞县，将身来在大街前"不是整天在你耳边缭绕吗？难怪它演变成"咱们的脸上放红光"时，传唱开来是那样迅猛。至今，我仍觉出那实在是一次了不起的借鉴，那实在是作曲家的大智所在。

那次马可先生来保定，给刚刚进城的我们带来了不少新鲜。记得他虽然也穿一件油渍渍的吊兜棉袄，却穿了一条灰花呢西裤，还戴了一顶花呢鸭舌帽。他的衣着和见识以及谈吐，从哪方面讲都有别于我们。不久我们中间便有人也穿起了呢裤，戴起了呢帽。我不知正享受着供给制待遇的同志们，是如何置办起这些毛制品的（虽然那时这种东欧进口毛呢很便宜），但这种购买力是靠了个人的光明收入，绝无"灰色"。

马可先生很健谈，他讲京剧、讲民歌，还节外生枝地讲到美国 —— 一个腐朽的资本主义美国，腐朽到一切全靠金钱来支撑。他说罚款便是支撑起这国家的重要形式。那罚款又是五花八门的。马可先生随即举出了许多被罚款的证据，最后他说："司机停车，停错了地方。怎么办？罚款！"停错车被罚款，这无疑要引起全场听众一阵大笑的，那笑声是经久不息的，笑那事情的离奇，笑这国家的无计可施，笑这国家的不可救药。难道停车还会有什么对与错？像我们的省城、像首都，那么大，停几辆车还有对与错？

当然，我也笑，且笑得真实，笑得纯洁，笑是发自内心的。

我们用纯洁的笑来回敬罚款这一措施。

那时，人们最讲纯洁，用纯洁和不纯洁来形容一件事、一个人。人的思想、作风都关系着纯洁与不纯洁。人和事如果背上"不纯洁"，那么就是不可救药的。

转眼半个世纪过去，如今在国内开车，司机的违章被罚已不新鲜，不再认为这有什么可笑，虽然外地进京司机都抱怨北京警察对外地人的不客气，县镇司机来省城也抱怨省城警察的"不仁不义"。但诸多异议换一张事出有因的收据，一了百了。该罚的罚，该拿的拿，大家早已忽略，罚款本源于那个金钱万能的、腐朽的美国。我也常开车挨罚，或走错路，或停错车，抱怨警察，懊恼自己。但从未想到过保定电影院那次的报告和那次的笑。

两年前我在美国，从亚特兰大到洛杉矶旅行参观。为了方便，我加入了一个由华人旅行社组的团，他们收费合理，且有华人做导游，给旅行带来了许多方便。我们一行八人，八人中恰好大陆华人和台湾华人各半。司机兼导游是一位有着很好教养的台湾籍年轻人鲁先生。鲁先生衣着入时，对客人不敷衍、不多事。按照鲁先生的安排，我们乘坐他的微型面包车，第一天先来到地处洛杉矶市的中国戏院。如人所知好莱坞的新片首映式和奥斯卡颁奖仪式大多在这里举行。鲁先生在一个离戏院不远的路口停住车，便领我们来到戏院广场。原来这个著名的中国戏院所处的街道很老，也很狭窄。广场也很小，建筑的形式也无可看。引人入胜的还是大影星玛丽莲·梦露的蜡像和压制在广场水泥地面上那些巨星的名字和手印。鲁先生兴致勃勃地为我们指出，嘉宝、盖博、费雯·丽……还主动地为我们拍照留念。而当我们如愿以偿回到车旁时，车头上却贴了一张纸条，那是一张罚款通知单，罚金当是二十美元。原因是停车超过限制停车时间的十分钟。

鲁先生被罚虽然合情合理，但这无疑给刚开始的参观投下了一丝阴影。鲁先生开车不再说话，海峡两岸的朋友也开始沉默，只待一小时后车至好莱坞大本营的停车场时，鲁先生才告诉大家，公司是不为司机负担罚款的。那么这二十美元要鲁先生自己破费了，可那十分钟的时间是大家耽误的呀。这时和我同座的台湾籍空军上尉谢先生心领神会地提议，这二十美元应由大家分摊。谢先生的提议马上得到了大家的响应。有拿两美元者，有拿三美元者。谢先生把钱收齐后，交与鲁先生，鲁先生收下了大家的心意。于是刚才的阴影散尽。当鲁先生再带领起大家参观贝弗利山时，又恢复了原来的好心情。

后一天的游程当是美国与墨西哥相毗连的小镇蒂娃娜。

这次的司机不再是鲁先生，而是另一位台湾籍华人陈先生，陈先生年长于鲁先生，和鲁先生风度也有别，他人随便、话稠，处事细致。当车子刚开起来，他就有言在先了。不客气地告诉大家守时的必要。为大家规定离车和上车时间，并说，哪位先生（或女士）回车时若迟到一分钟，当罚款两美元。果然我们匆匆参观完蒂娃娜小镇，八人均按时回到车前，无一人迟到。陈先生抬起手腕看看表说："嗯，还不错。办事没有规矩倒霉的只能是自己。"显然他是指昨天的鲁先生。车开起来，陈先生自得地从纸袋里拿出从小镇上购得的汉堡包吃着。大家也吃起各自手中的吃食。

陈先生的车子以每小时一百迈的速度向洛杉矶开起来。路旁，加州那特有的桉树如一团团绿云向车后飞逝而去。随着这团团绿云的飞逝，我却突然忆起五十几年前马可先生那次的报告和我们的笑。觉得罚款对于人的制约，原来是那么必要，我那次的笑也就显得"少知无识"了。难道除了罚款还有什么更好的办法要司机按时开走他的车，把位置留给下一辆车吗？难道还有什么更好的办法使八位散漫的游客按时回到车前吗？我们不能说钱能管理起一个街口和八个人，钱就能管理起一个国家、一个民族。但要唤起人类一点"自觉"和责任心，还是需要一点钱的。罚款便是对人类责任心最为通俗简便的唤起法吧。

一个民族的悲哀莫过于责任心的缺乏了。

一团团绿云从窗外掠过，马可先生那次的报告和我那次的笑一次次在我耳边呈现着，于是我又想到为什么当时的我笑得是那么纯洁，难道对于人类责任心的唤起，只能靠几张皱皱巴巴的纸币，除此再无计可施？

可是陈先生略施小计，就使大家都按时回到了车旁呀。

我仍然饶有兴趣地回味着五十几年前我那次的笑，对这笑总有几分留恋。由此说来，就不能用"少知无识"来形容它了。一路上我不自主地悄没声地唱着"咱们的脸上放红光""将身来在大街前"。唱得顽固，唱得反复。那是一个时代，那是一个纯洁得无与伦比、纯洁得无奈的时代。

2010年1月大寒

寻找戳子

长篇小说《笨花》问世后，许多读者问我，书中一些人物的原型是否和我的家族有关，我的答复是肯定的。《笨花》的成书确实靠了我的家族这个庞大群体的原型。主人公向中和、向文成父子的原型是我的祖辈、父辈，而同艾的原型便是我的祖母了，祖母年轻时曾跟随祖父——一位直系军人走南闯北受着外部世界的感染，经过不少事，见过不少人，她曾和孙传芳夫人住同院以姐妹相称，和湖北督军王占元的太太"打牌""听戏"。祖母的记忆力极好，还善于模仿一些外路人说话的口音。早些时她作为随军家属住过河北迁安，当时祖父尚是北洋新军第二镇的一名下级军官，她常说那里有个孩子叫戳子。

我在童年时常和祖母同睡一炕。早晨了，窗纸已发白，我醒了，奶奶也醒了。她冷不丁地模仿着外路人口音说："戳子呢，到你大爹家求（qǐu）笼子去。"这种口音，就出自河北唐山地区的迁安。那里的人管大伯叫"大爹"，管借叫"求"，管篮子叫"笼子"。这个戳子娘叫戳子去求笼子的故事，我听得最多，这本是一个没意思的故事，但我奶奶叙述时却总觉出几分新鲜，她叙述着，自己咯咯笑着，她笑外路人说话和本地人的不同，笑为什么大人给孩子起名戳子。当然奶奶的叙述不时变换着主题，她还常冷不丁地说"紧走慢走一天走不出汉口"，说的是汉口之大；她说城陵矶有一种叫土匪鸭的名吃；说他们卖鱼把鱼头切下来卖……但戳子的故事是给她留下印象最深的一个，好像一个迁安一个戳子足足代表了一个外部世界，这个世界充满着无尽的神秘，也给了少年的我期盼认识外部世界莫名的冲动。

后来《笨花》成书了，我奶奶"变"成了书中的同艾，借书中人物同艾的故事，戳子借笼子的故事就间接地落在了书中，我从奶奶那里引出了这个故事，于是"戳子情结"在我的心中就一再加重。去趟迁安吧，找找戳子，我对我自己说。其实这本是很多年前的事，哪还会有戳子，那么看看迁安，看看戳子的后代，看看戳子的故乡，成了我的心愿，也替奶奶完成一次心愿，况且那里还联系着我的祖父。我还清楚地记着戳子的村子叫"少姑庄"。

后来我把我的戳子情结讲给我家一位朋友听，这位朋友正在唐山领导的任上，他说去吧，这还成问题，我帮助你找。于是，我终于来到唐山。这位领导请市地方办帮助我，他们便开始了对戳子的搜索，谁知从迁安传来的消息说，迁安没有一个叫少姑庄的村子，戳子自然也就不存在了。莫非我的记忆有误，于是我一不做二不休，就和帮我寻找戳子的同志一同来到迁安。这是一个美丽的县级市。当地的领导对我的到来早已做了准备，会议室桌上也早已摆上了《迁安县志》和地图，我倒觉得我的行动显得有些不合时宜了，就像要把他们拉着倒退一百年一样。目前在这个美丽的城市，他们要做的事一定比寻找戳子要重要得多。但戳子的故事还是在这里展开了，宛若一个戳子研讨会。但结果仍然使人沮丧：迁安地图上确实没有一个叫少姑庄的村子，在县志的记载中也没有北洋新军二镇驻迁安的文字，有的只是：北洋新军三镇驻过这里，驻地大多在县城附近。谁知这个记载终于为寻找戳子带来一线希望。在我所查找过的历史资料中，祖父的二镇驻此是1905年（光绪三十一年），而县志上记载清朝驻军只记到了乾隆年，撰志人忽略的正是二镇驻军这段时间，既然二镇也驻过迁安，县志又有军队驻县城附近的记载，热心的迁安人又开始了在县城附近对少姑庄的寻找，终于有位聪明的年轻人有了新推断：县城附近没有少姑庄倒有个"烧锅庄"。我恍然大悟，原来家人从我奶奶口中所认定的少姑庄是误传。"少姑"，"烧锅"，多么相似。为了证实我祖父母住过烧锅庄的可能，我开始"考验"在场的几位同志，我问烧锅庄人管大伯叫什么，他们说叫"大爹"；我又问管篮子叫什么，他们说叫"笼子"；我又问管借叫什么，他们说叫"求"。

至此，烧锅庄的戳子到大爹家求笼子的故事基本有着落了，剩下的事是去烧锅庄找戳子了。烧锅庄知道我们的到来，已为我请了几位大爷帮我们回忆往事。我也希望从他们口述里了解到驻军的蛛丝马迹。但几位大爷都以为我要了解的是抗日战争的事，说了不少打日本的事，我提醒他们我要了解的比打日本要早二十几年，那是袁世凯时代。一位大爷听到袁世凯的名字才恍然大悟似的说："袁世凯的人马驻过，在村南还修过'谎粮囤'呢。当兵的一人一捧土一捧土地修建了好几个谎粮囤。"我问谎粮囤是个什么建筑。大爷说是个大土疙瘩，上面盖着苇席，谎称是个粮食囤——兵精粮足嘛，吓唬敌人呗。谎粮囤的出现终于证实了这个村子驻军的事实，但当我问到戳子时，还是无人知道，万般无奈时，我们在街上转悠着胡乱打听起来，谁知已绝望时，一个个子不高的年长妇人从一块石头上站起来说："戳子，那是我爷，我是他孙子媳妇。"

戳子终于有了下落，我们一行人惊喜着，几天大海捞针似的辛苦总算有了结果，我们在这位孙媳妇的带领下，终于来到戳子家。这是一个有着冀东风格的农家院，石头做墙基，牛圈紧挨着住屋，有几只旧篮子（笼子）挂在屋檐下，莫非这就是我祖父也住过的房子？站在房门前，我抚摸着墙上的一砖一木。我随戳子的孙媳妇走进屋，坐在炕沿同她叙起家常。她说老房子在唐山大地震时已被毁，但新房还是老年的模样。她指着墙上一张老相片说，相片就是从废墟中捡出来的。那就是戳子孙子，她的丈夫。我盯住这张被烟火"熏陶"的相片细看，照片上的人是一张憨厚的长方脸、善静的神情。我猜这一定也是戳子的模样。

后来两个年轻人进了屋，老人说这是她的儿子，已是戳子的曾孙了。我面对他的家人讲了戳子求笼子的故事，并说也许我奶奶也用这笼子买过菜。两个年轻人抢着说："那还用说，我老爷爷求笼子就是给你奶奶用的。"围观的人没深没浅地笑起来。

也许这本是一个没意思的故事，但这故事又再次证实着寻找和思念一样都联系着人的情感世界，有时人类的寻找是伟大无边的。比如考古，人们发现殷墟新郑文化，埃及人又发现哪个法老的墓葬。人们发现了甲骨文和竹简，才了解到汉字的演变史……有时它又显得渺小而幼稚，比如你要费尽心思去寻找一个戳子。也许寻找和叙述一样都是人类文化的延续吧，有时在寻找中你还会有意外的收获，比如袁世凯那个"谎粮囤"，也是一个军事家的聪慧所在。《笨花》成书前，我在研究近代史和关于北洋军阀史的专著中还没有看到过"谎粮囤"这个记载。袁世凯操练新军不仅结束了中国几千年的冷兵器时代，原来他还有更丰富的军事"歪才"，就像曹操的"望梅止渴"一样。

我站在烧锅庄村南的滦河边上，虽然没有看到"谎粮囤"的遗迹，但我仿佛看到二镇的军人一捧土一捧土地在修那个土疙瘩，祖父也在修囤人之中。中午了他看见了求了篮子忘记回家的戳子，便喊他一起回家。戳子才猛然想起他手中的"笼子"。然后戳子在前，我祖父在后，向烧锅庄、向戳子的家走去。或许回到家中戳子的母亲还埋怨过这孩子的懒散，我祖父和我奶奶还替戳子说过情。这不就是人类历史，是人类的大历史中的小故事？人类的大历史中包含着一切一切的小故事，而一切一切的小故事伴随、证实着大历史的演进。

　　我奶奶"推"出了个戳子，而戳子见证了袁世凯的"谎粮囤"时代。

　　叙述和寻找延续了人类的历史。

　　叙述和寻找也成全了文学和艺术。

2015 年 1 月

寻找提姆

提姆是个美国人。

提姆是个参加过"越战"的老兵。

我不认识他。

我要找到他。

寻找提姆的动机是源于铁凝的一篇散文。

1995年，铁凝应美国政府之邀赴美国旅行访问，在她的游记散文中写过这样一段经历："…… 我从新墨西哥州的阿尔伯克基来到一个叫陶斯的小镇，住在一个叫提姆的家庭旅馆里 …… 几年前，提姆和他的妻子来这里滑雪，爱上了这里，在这里定居下来，开了这座家庭旅馆。"接下来她又写到她和提姆的多次交谈，又目睹和体验了提姆在这里用他的智慧和双手创造的一切。她说："提姆是个勤快、乐观、善于和人交流的人，他喜欢劳作，连餐厅的桌椅都是他亲手制作。"就在提姆亲手制造的这个宜人的空间里，他们交谈过许多，人生、战争、社会乃至宗教，提姆给她留下了深刻的印象。在这篇散文中，她还附上了她和提姆谈话的照片，那是一位高个子的中年人，长胳膊长腿，表情中透露着很有人生经历，是个富有幻想和天真的人。

距铁凝访美二十一年后的2016年，我赴美国旅行，在我的旅行计划里，陶斯也在其中，于是提姆和他的家庭旅馆便形象地出现在眼前，过门不入好像有失情理。于是会见提姆，在他的旅馆中小住就成了我的心愿。但提姆的旅馆没有具体地址，提姆也没有留下可联系的方式，这就给我寻找提姆带来了一定的困难，但寻找提姆也就从此开始了。

和我同行赴美的还有助理小李，我们出发前，小李就通过网络联系了陶斯几个家庭旅馆的主人，打听提姆的消息，他们都很快做了回复，都表示不认识陶斯镇上的这个提姆，但我们还是把希望留在了赴美之后。为此，小李还把提姆和铁凝谈话的照片下载到手机上，作为形象资料随时出示于人。

7月中旬，我们踏上了赴美的旅程，在旧金山落地后，先到加州的橙县再到洛杉矶，从洛杉矶再到犹他州的盐湖城和滑雪胜地帕克市。沿途在欣赏美国西部千变万化风光的同时，总还有一个人的影子伴随，还是提姆。而他的形象也越来越具体，一位高个子长胳膊长腿的有点像安徒生的中年人。终于，我们也从新墨西哥州的阿尔伯克基开始了向陶斯的旅程。旅程要穿过半个新墨西哥州，车子在西部高原上朝北方前进，沿途人烟稀少，放眼望去，尽是沙砾积起的丘陵，丘陵上丛生着一簇簇球状植物，像在大地上滚动着的绿色云团。我们乘坐的是一辆雪铁龙七座旅行车，车体宽大，座椅舒适，驾车人是一位七十八岁的老人，名叫克里斯。克里斯为人热情，看上去是那种很有教养的老人，之前他或许是一位教授或高级职员，现在开车并不是为的糊口，只不过是一种爱好、不甘寂寞而已吧。

后来我在美国发现这种不甘寂寞的老人并不少见。克里斯驾车稳妥，始终保持了七十迈的速度。一路上克里斯可能怕我们寂寞，主动和我们搭话聊天，他告诉我们那种球状植物叫"皮牛"。同车还有另一位家住陶斯的男士，也主动把"皮牛"用英文写在我的本子上。细心的克里斯接过本子看看，发现他写错了一个字母，把pinon写成了penon，克里斯替他把字重新写正确。从克里斯写字的速度和写下的字形，可以看出他是受过良好教育的那种老人。

克里斯和那位乘客都是陶斯人，自然我们就向他问起提姆，小李不失时机地从手机上把提姆"亮"出来。克里斯接过手机看看说，他认识一位提姆，也开一家旅店，但年龄和我们要找的提姆不符，表示再帮我们打听。旁边另一位陶斯人也表示了对此事的关心。

克里斯驾车三小时后，我们来到陶斯，在一个叫阿波罗旅馆的门前和克里斯告别，临行前克里斯还不忘说为我们打听提姆的事。

陶斯是新墨西哥州一个著名小镇，依附落基山南端的大雪山，属高原气候，原居民是印第安人和西班牙人，建筑一律为由西班牙和墨西哥风格演变而成的一种黄土式低矮屋宇，屋檐下裸露着檩梁。小镇布局散漫，低矮的黄土建筑，"摊饼"似的连绵了十多公里。远看去，像一个个树木掩映下的小村落，酷似早年间中国北方农村。但由于它的特殊地位和建筑风格，又加之为印第安人的聚居地，很早就被艺术家看好，成了艺术家的好去处，至今，镇上的画廊就有一百多家，苏联画家费逊曾在此定居。所以我们来陶斯也是为了了解这个依艺术而存在的小镇，但寻找提姆又时刻打乱着我对陶斯的了解。一天过后克里斯没有新消息告诉我们，我们向所住旅馆问询也无结果，若走遍一个散漫的陶斯小镇挨家寻找，又是难上加难，这时我们有了新主意，何不打扰一下美国警方。来陶斯的第二天，我们来到警局所在的镇政府。走进政府大门，一位身着警服的女士迎过来，她以奇怪的眼光观察着我们这两位东方不速之客。我向她说明来意后，她热情地接受了"此案"。一位更具"美国标准"的男性警察也迎了出来，他才是此案的接办者，他只问了一句话，问我们为什么要找提姆。我说实在不为什么只为了找到他，他微笑着点了点头，转身走进他的办公室，开始了他警方式的寻找。几分钟以后吧，他手里举着一张 A4 打印纸笑着走出来，我猜他对结果是满意的。原来纸上是一男一女的照片，他指着他们说，男士叫提姆，女士叫莱斯丽，并说他们夫妻在不远处的老陶斯开着一处家庭旅馆，旅馆的名字就叫老陶斯家庭旅馆，他满意地了结了此案，我们也怀着惊喜离开了镇政府，然后马不停蹄叫了出租车直奔老陶斯。出租车在一段乡间土路上七拐八拐，最后在一处农宅模样的院落前停下来，门前果然有老陶斯家庭旅馆的招牌。

这是一处有着低矮建筑的敞开院落，不设院门，几个房间散落在一块不大的坡地上，但布局精致，处处体现着主人精心打造的情趣，再次体现着陶斯的造房和装饰风格。

我们兴奋地走进提姆的院落，推开一间作为"大堂"兼餐厅的房门，一位女士从后院走进来，我猜这就是提姆的妻子莱斯丽了。女士朝我笑着伸出手，我贸然地问是莱斯丽吧，女士没做答复，我诧异着心想也许我记错了名字，我又问提姆在家吗，她这才告诉我她不叫莱斯丽她叫凯蒂，我又问到提姆时，一位中等个子男士从后院走进来，这不像提姆。看来他们是得到了警方的消息，对我们的到来并不奇怪，男士说他叫鲍勃，是这个店的主人，并告诉我们，两年前，提姆卖掉了这个旅馆，迷上了旅行，他买了一条船，经常驾船去佛罗里达，只有夏天才来陶斯小住，不过他有提姆的电话。鲍勃当即拨给提姆，但电话无人接听，鲍勃在留言中告诉提姆我是谁、为什么找他。就这样我们寻找提姆戛然而止，不过鲍勃欢迎我们到他的店中小住，第二天我们便从阿波罗旅馆搬到鲍勃的店。

鲍勃介绍他的店一切因袭了提姆的经营风格和布局，提姆布置下的客房，提姆精心打造的院落，提姆设计布置的那间彻夜不眠的大堂兼餐厅，以及提姆亲手摆下的图书和具有风格的艺术品，当然还有提姆亲手制作的桌椅。在院中，提姆还亲手制作了鸟类的进食点，一切都没有改变。为鸟类进食设点，那是只有热爱生活、有着大爱心的人，才会做出的吧。原来在后院竖立着几个高矮不等的木桩，木桩上，根据鸟的大小，安装着不同尺寸的食物容器，进食的，进水的，大到鸽类，小到蜂鸟，都可找到自己的位置。

我尤其欣赏提姆亲手营造的那间大堂兼餐厅的空间，这是连接前后院和厨房的一个不大的空间，这里除摆放着提姆亲手打造的餐桌餐椅外，便是一墙的图书，和经提姆挑选的民间工艺品。这里夜不闭户，二十四小时灯火通明，客人可随时进门饮茶聊天消遣。我曾经为这个夜不闭户的空间担心，问鲍勃难道晚上不怕有歹人进来吗（提姆的店是没有院门的），鲍勃做了一个否定的姿势，意思是怎么会有这种事，说明陶斯是个和平安生的地方。这个空间像是旅店的心脏，充分代表着店主提姆的经营风格。

我住在鲍勃为我安排的叫日出的套房里，开始构思这篇"寻找提姆"的散文，结尾大约是这样：鲍勃接手了提姆的旅店，鲍勃夫妇也是两位受人尊敬的人，他们尊重提姆创造的一切，又努力营造着宾至如归的感觉，这一切的一切也是一篇文章的理想结尾吧。可是在我们即将离去的一天，鲍勃告诉我提姆来了。提姆从一辆不小的越野车上跑下来，迈着长腿大步流星走到我房门前就紧紧拥抱住我，像拥抱老朋友老相识一样。看他风尘仆仆的神态，或许是刚从他的船上下来，浑身还夹带着大西洋的潮气，兴奋得像回到自己的家中。提姆先带我走进大堂，迫不及待从书架上抽出一本大相册，从中翻出了铁凝的照片。那是铁凝和莱斯丽站在老陶斯家庭旅馆招牌前的合影，小李也将那张他和铁凝谈话的照片翻出来，提姆说照片就是在这个房间拍下的，他信手拉过一把椅子说："我坐在这里，铁凝坐在对面。"现在提姆独出心裁地让我再坐一次铁凝的位置同他合影留念，我按提姆的主意坐下来……

提姆来到院里，把铁凝住过的房间指给我，又指着一块石头说，铁凝曾坐在这里写作，看来当时的一切都使他记忆犹新。

总要谈到他为什么舍弃他亲手创造的一切驾船而去的，我说你在这里劳作了二十年啊。提姆轻叹了一口气，一往情深地说是二十五年。

我们又回到大堂，坐在他亲手制作的椅子上，他又接着刚才的话题说，是二十五年。他说，二十五年前，他买下了这几间两百年前的老房子，重新打造经营，二十五年的心血都花在了这里。他看看四周，窗外又有鸟飞来进食……"但是我太累了，我要休息。"他说，"现在我爱上了驾船，听音乐、录像和剪辑，这就是最好的休息。"他打开手里的iPad，画面中是无边无际的大海，有风平浪静，又有冲天的波涛。提姆身着航海便装，亲手操作着船舵，一会儿掌舵人又变成了莱斯丽，提姆在甲板上拉扯着什么，背景音乐是壮丽的……提姆说这就是现在的他。

分别时，提姆又向我说起二十一年前他和铁凝说过的几句话：他认为生活对他已经很仁慈了，他体验了什么是战争。而他能从战场生还，这就是天大的幸福，他有理由享受人生，为自己为别人多创造些快乐。

提姆在陶斯的二十五年为自己也为别人创造了快乐，当他累了的时候，他有理由去寻找更壮丽更惊险更时尚的快乐吧。

而我，还是为提姆卖掉老陶斯旅馆而惋惜，住在这里我常想，假若提姆在多好。

2016年10月

生命诚可贵

　　生命可贵，有时生命的消失使人猝不及防，你又会觉得生命脆弱，这常常祸起于战争和天灾。

　　抗战时，我尚是一个少年，曾有机会和抗日志士"相处"。你怎么也想不出他们还有从你身边消失的可能。我说的身边就是身边，因为昨天或者今天或者刚才他们还和你说着家长里短，还哼唱过那首《建设新中国》的歌，突然他们就消失了，就消失在你身边。

　　在《建设新中国》这首歌里，作者怀着一种超前的意识，在尚是抗战残酷的相持阶段，他就预示着有一天我们要建设新中国了。歌中唱道：

　　抗战胜利后，建设新中国，新中国，到处开

遍美丽的花朵，创造出自由、独立、幸福的新中国。新中国，多快乐，啊，全国男女老幼不受别人压迫，大家互让互助，国事要大家管，为人民谋利益求幸福……

歌曲首先在抗日学校中传唱，后来又遍及抗日根据地。

一

那时，我的家乡属冀中第六军分区，分区司令员叫王先臣，在我的印象里，他是抗日阵营中最英俊的一位指挥员。他身躯挺拔，表情坚毅，面对他我就常想到屹立着的一块岩石。

王先臣来了，穿着整洁的灰军装系着皮带，腰佩一把装在皮套里的撸子枪，他哼着那首《建设新中国》的歌，进门就喊："老屈在家吗？"老屈是我爹，是抗日政府的督学，也是位医生。我爹从屋中迎出来说："哟，王司令。"王先臣说："叫我先臣。"我爹又说："叫先臣就先臣，咱俩的名字就差一个字，你叫先臣，我叫清臣，你看巧不巧，真应了那句军民一家亲的话。"王先臣笑着坐在院里一棵树下说："老屈呀，快给我找点碘酒吧，你看胳膊上被蚊子咬的。"

我爹折回屋里找碘酒，王先臣就把站在远处的我叫过来说："三儿，《建设新中国》这首歌我就是拿不准调，你一定是按谱子学的，我是模仿而来，这第一句唱就唱不准。"

我排行老三，小名叫三儿，我知道王先臣的错误，我对他说："第一句的谱子是哆梭咪发梭，不是哆梭咪咪梭。"

王先臣说："看，到底你是按谱子唱的，无比正确。"

我爹拿来碘酒，王先臣挽起袖子往胳膊上擦，胳膊上有一串疙瘩，他说是昨天钻青纱帐被蚊子咬的。

王先臣擦着碘酒，我爹就向他问起欧洲第二战场的事，王先臣说盟军从诺曼底登陆，第二战场的开辟不光对欧洲战场有利，也会加速抗战的胜利进程，也是同盟国之间的壮举。

已是晚饭时间，我娘端出了小米粥，王先臣和我们一起就着老咸菜喝粥，说北方的小米把他养胖了，还治好了他的脚气，他的家乡在南方，没有小米，光吃大米爱长脚气。后来他又对我爹说起那首《建设新中国》的歌，问我爹将来的新中国遍地开的是什么花。我爹说："那要因地域而论，我知道你们南方有茶花有映山红，咱北方就开个月季花、馒头花还有牵牛花。"

王先臣说:"不管什么花吧,作者用遍地开花形容新中国也算是个聪明人。"我爹说:"实在聪明,可是在咱们看到的歌谱上也不署个名。"

过了些天王先臣又来了,这次带着兵,他的部队占了整个村子。

我爹说:"司令啊,要打仗?"

王先臣解下皮带,用皮带掸着身上的浮土说:"欧洲战场胜利结束,希特勒垮台,我们也不能坐享其成,也得给日本人一点厉害了。"

第二天王先臣的部队包围了一个叫前大章的村子,前大章是我县一个重要据点,住着日本人和伪军。前大章战斗打了一整天,我们趴在房顶上能听到密集的枪声。战斗以日伪军被消灭而结束。在打扫战场时,王先臣手拿一把芭蕉扇出现在街里,他摇着扇子对打扫战场的战士们说:"同志们,你们打了一个大胜仗,我们胜利了 —— "话音刚落,他自己中弹倒在了街上,中了潜藏于街巷中敌人的子弹。一位战地记者目睹了王先臣的死,来到我家告诉我爹。

我爹把全家喊出来说:"来,脸朝北站成一排,悼念先臣吧。"我们面朝北站成一排掉着眼泪,前大章在我们村子北面十五里。

二

李泽民是抗日区政府的粮秣助理员,头上经常包一条白毛巾,不像抗日干部,像当地不脱产的农民,与当地农民不同的是,他腰里常系着一个小包袱,包袱里是可供区干部们消耗的"钱粮"。

李泽民来了,"喝咧"唱着《建设新中国》的歌。"喝咧"是我爹对他唱歌的形容,大概是唱不准调的意思。李泽民喝咧着进了门,我爹隔着窗户在屋里说:"泽民,咧调了,咧到二狗家了。"李泽民唱歌调不准但他也唱,唱时摇着头,白毛巾的两个角在脑后悠搭着。李泽民对我爹说:"老屈,习惯成自然,改不了了,咧调不重要,能看到那个遍地开花的新中国就行了。"

这时正值抗日战争最残酷的1942年,根据地军民一面打仗,一面响应延安的号召,开展大生产运动,李泽民这次来就是帮助老百姓开展大生产的。晚上四区的几位干部在区长李力的带领下来到我家，要为我家拉水车浇地。当晚月亮很亮，一挂水车就在我家墙外响起来，墙外是我家的一块谷地，歌声也跟上来，还是那首《建设新中国》。哪知不多时就有了情况，也许是歌声招来了敌人，也许是村中的暗线向敌人告了密。月光下一个敌人的包围圈迂回过来，李泽民和他的同伴发现情况便翻墙跳入我家钻入地道，我们全家也一起钻进来。我母亲端着油灯在前面引路，拉着我的就是李泽民，他一面弯腰领我前进一面对我说："还是个头小点好，不用弯腰。"他个子高，腰弯得就格外吃力。这时，人群里却没有李力区长，李泽民就要钻出地道去找，说话间，他把腰中的小包袱解下来交给同伴，又匍匐着钻了出去，但他没有再回来：当他再次翻到墙外寻找李区长时，已经跳入了敌人的包围圈……

第二天当人们找到李泽民时，发现他身上被敌人刺了十七刀。

李区长哪里去了？他告诉大家，当大家翻墙进院后，敌人离院墙已很近，他若再翻墙进院就会殃及大家，于是他钻进了庄稼地。后来，李泽民的死得到证实，是我村后街一个女人暗线告了密。几天后，她被锄奸科崩在李泽民的遇难处。

李泽民下葬时按着上级规定，以两匹白布缠身，葬在他牺牲的那块谷地里。下葬时我爹在一旁说："摘点鲜花吧，越多越好，也算让泽民看到了遍地开花的新中国。"我们就地采来大坂花、馒头花、牵牛花，放在李泽民的墓穴里。

三

1945年8月15日是日本投降的日子，这晚来我家报消息的是当时的区长李攀贵，我们全家正就着月光在枣树下吃晚饭。李攀贵来了，进门就喊："老屈，还有我的饭没有?"我爹说："刚吃完，喝水吧。"李攀贵说："不喝了，唱歌吧。这下可该唱《建设新中国》了。"我爹一听就明白了，说："哪来的消息?"李攀贵说："县里听了延安新华社的广播，是正式传达，小日本不是还有个天皇吗，是天皇亲自宣布的。败了，投降了，无条件。"

有时候，人在兴奋过头时，反倒无言以对了，李攀贵就这样和我们全家呆坐了几秒钟吧。临走时他对我爹说，他还要去别处作正式传达，又特别嘱咐我爹说："老屈呀，胜利了，可还有暗箭，暗箭难防。咱们都要活得节在点啊。"

李攀贵哼唱着"……创造出自由、独立、幸福的新中国……"走出家门。

李攀贵唱歌不咧调，一字一句一板一眼，准确无误。谁知他走出家门，街里就传来一声枪响，枪声闷声闷气。我们全家人一愣，我父亲说"不好"，他忽地从座位上站起来。

李攀贵死了，倒在离我家十几米的黑暗处，他中了"暗箭"。

李攀贵遇害案始终未破，又是一位没有看到遍地开花的新中国的抗日志士。

生命诚可贵，当可贵的生命就在你眼前一闪而逝时，你总会为生命的脆弱而难过。可贵的生命本应该更顽强的，假如没有战争、没有天灾。

相关链接：

王先臣，1915年出生，江西吉安人。生前为冀中第六军分区司令员，1945年7月1日牺牲于赵县前大章战役中。

李泽民，赵县焦家庄人，生前任赵县第四区粮秣助理员。1942年牺牲于赵县停住头村。

李攀贵，籍贯不详，生前任赵县第四区区长。1945年8月15日牺牲于赵县停住头村。

2015年10月

/

云晴龙去远

我与于长拱

今年5月，中央美院与中国具象油画展在河北省巡展，展出自油画传入中国以来至当代一百余年和中央美院有关的优秀油画作品。此时我又意外看到《冼星海在陕北》这幅油画，现在距它的问世已过去了六十年。六十年前我第一次看到它，现在应该是第二次，它的作者于长拱是我的朋友。

二十世纪五十年代中期，中国美术界曾升起过十几位油画新星，于长拱便是这新星中的一颗。

这些新星的升起，得益于苏联油画家马克西莫夫的教导，但因了他们条件的不同，这些新星对于当时艺术界的照耀也就有所不同。于长拱是耀眼的。在马克西莫夫的油画训练班，他以他的毕业创作《冼星海在陕北》一锤定音，在画界立时被人刮目相看。当然，那时中国人之于油画、

于长拱　冼星海在陕北　油画　1957年

之于油画家只局限于"苏派",而"马派"在苏派绘画中又具备着一定代表性。

我认识于长拱的《冼星海在陕北》先于他本人。大约1956年的初秋吧,油训班毕业了,在中央美术学院的旧展厅举行毕业展览。不大的展厅被一幅幅巨大的情节性绘画装得满满的。当时我正在中央戏剧学院舞台美术系读二年级,置身于这些油画中,觉得"艺术殿堂"也莫过于此吧。这实在是中国油画的"大跃进"。我们正在学油画,就格外容易和这些油画在感情上产生交流。我在一幅冼星海在陕北采风的画前站住,以我当时作为低班学生的眼光看于长拱的《冼星海在陕北》,如同我几十年后在欧洲看诸大师时的心情了。我觉得作者把油画的诸因素发挥得实在尽善尽美。我的一位河南籍同学张树棠走过来告诉我,于长拱也是河南人,现任教于浙江美术学院。

一年以后吧,我在杭州和一位画界朋友闵德卫去浙江美院看展览,进门便见一位高个子男人正和一位学生模样的青年说话。这高个子男人身穿一件洁白的绒衣,手扶一辆半新进口跑车,看起来很是潇洒倜傥。闵德卫走过去同这位高个子男人握手,握着手又把我叫过来说:"认识吧,于先生,于长拱。"原来这便是于长拱。我见他鼻子高,眼窝深，深陷的眼窝里有一双智慧而犀利的眼睛。乍看去像有着西亚人或者中东人的血统。然而，后来我得知他什么外籍血统也没有，他是地道的河南人，河南地主的后代。

闵德卫把我介绍给于长拱说，他叫铁扬，中央戏剧学院舞美系的学生。于长拱一双深陷的眼睛亮起来，像惊喜地遇到老熟人。他说："认识张树棠吧，我 …… 我们是同乡。"原来于长拱说话稍显口吃。我说："认识，我 …… 我们是同班。"我年轻时说话也口吃。可我们谁也不在意这个不算好的习惯。于长拱让闵德卫领我去看展览，还说看完别走，等他回来。他回来就到展厅找我们。如果我们不在展厅，他就到宿舍等我们，我们再到宿舍去找他。我觉得他很注重我们的见面。因此把他找我们、我们找他说得仔细而烦琐。

那次的展览内容印象已不深，大约是学生的习作展吧。只记得浙美的院里到处蜿蜒着水泥甬路，到处都有冬青。法国梧桐的叶子很黄，已是初冬。

果然，于长拱到展厅来找我们了。他领我们在水泥甬路上很是盘桓一阵后，来到他的宿舍。这是一个不算高的、有柱廊的单身宿舍楼。于长拱和画家曹思明住二楼靠楼梯的一间。房间很小，摆两张床，一张属于他，另一张便属年纪长于他的油画家曹思明先生。曹先生是浙江美院为数不多的讲师之一。他们当时都未结婚，大约在这个紧靠楼梯的小房间里很是住了几年，因为后来我每次去杭州看他们，都来这个房间。当时的于长拱近三十岁。

那天曹先生不在，于长拱用一只小铝壶在一个小电炉上煮了一壶红茶，煮着并告诉我，壶和电炉都是曹先生的。当时以我的眼光看，他们都属于"很会生活"且对生活充满乐观的人。于长拱穿白绒衣、骑进口跑车，而曹先生喝红茶要用小壶煮，后来，每次我置身于这个房间，都觉出这房间气氛的独特。

于长拱和我一见如故，大约基于三点：一是他的老乡张树棠和我是同学；另一个原因是曾有一位追慕他的女友W君也是我的同窗；再一个原因是他画冼星海时，找模特儿找到我当时的老师李松石先生。李先生酷似冼星海，饱满的前额，方圆的稍有前倾的下巴。这三件事加在一起使我们的话题一触即发。我们喝着红茶谈张树棠的河南话，谈李松石为什么那么像冼星海。还专谈了W君。因为W君在学校和我也保持着很好的关系。她比我高一班，担任班里的团支书。常见她站在校园一个什么地方和同学谈话。当然是谈思想。当时，我就想，于长拱真的为W君动过心？

他们好像不是一种人。果然，后来熟了，于长拱就对我说："你说，铁扬，见面就谈思想，咱……咱跟得上吗？不过长得倒可以。"W君长得真可以，我们舞台美术系女同学不少，出众的不多。W君当属出众者之一。她身材顺溜，常穿一条剪裁得体的毛蓝布工裤。和于长拱一样也有深陷的眼窝和智慧的眼睛。一头短发悠来悠去很是飘逸。三十几年后母校院庆，我和W君相聚，W君已达退休年龄。飘逸的短发也变得灰白，我壮壮胆问她和于长拱的事，她的脸立刻涨红起来，红得像少女时的她。她说那件事都怨她。也是想到了她和于长拱的只"谈思想"吧。

第一次见面我和于长拱没有谈油画的事。我是很希望于长拱谈谈油训班的。听他谈谈驾驭油画的种种法则；身临其境般地听他谈谈油画新星们的趣事。遗憾的是在以后相处的日子里，我们也很少谈艺术。每次我都下很大的决心去开一个头，每次都是因了一个和艺术无关的话题一岔好远，半天收不回来。

五十年代末、六十年代初，我去杭州较为频繁，因为大哥在浙江省政府任职。后来我父亲退休又从北方到杭州定居。如此，在北方工作的我每年都要去杭州一两次。后来杭州对于我的吸引显然又是多了和于长拱，乃至曹思明的交流。

"大跃进"之后的中国，很快就进入了"三年困难时期"。连一向供应优越的杭州，1960年以后也开始紧张起来。定量供应的东西越来越多，且有许多购物小票。从油盐酱醋各种鱼干（杭州人称鱼鲞）到香烟、点心、水果，以及种类繁多的小食品。各种小票每人每月要一大把，但它们代表的数量却有限。似乎南方人对于小票的发明使用更具耐心。比如点心，一张小票只卖一块。换句话说，一块点心就需小票一张。那么每人每月的一斤点心就需小票二十张。不似北方，一斤点心一张票。当时举国上下众人都很在意这小票。一时间人们都显得格外计较起来。于长拱不然，不知为什么他总像个小票富翁。我和于长拱在南山路或者湖滨散步，他总是见店就进，进去东看西看一阵，只要有于他有用的东西，他便有与这东西相关的小票。点心、香烟自不必说，像杭州特有的麻酥糖、小胡桃、香榧以及各种糕饼。凡此种种小票，他从衣服口袋里伸手可得。现在人们常用"出手大方"来形容一种人，于长拱当时对于小票可谓出手大方了。我们沿湖滨一路，二人总要吃去半斤点心的。我客居杭州，口袋里的小票自然是零。但和长拱走在一起，嘴从没有过亏空。半斤点心，肯定我吃得比他要多。当时我还抽烟，在杭州本应是个缺烟户，却成了余烟户。我们抽烟、吃点心、嗑胡桃，还常到杭州唯一的一家西餐店"海丰西餐店"吃西餐。当时的西餐虽不地道，又属议价，但在"海丰"，一小块猪排、两片黑面包、一份罗宋汤还是有的。于长拱还知道"海丰"什么时候有黄油和果酱。一有消息他就给我打电话："铁扬啊，有…… 有黄油啦。"我们约个时间在"海丰"见面，便会有两小片黄油摆在面前。

和长拱在一起只觉得日子过得松快而悠然。

当时我那身为浙江政府官员的大哥也是位好交往且热爱艺术的人，他崇尚清代画家四王、吴历和黄宾虹，自己也画得一手北派山水。于是，于长拱便也成了我家的常客。我们在外面吃够了点心，喝完罗宋汤，就来吃我大哥的富强粉。有时曹思明、闵德卫也来。当时厅级领导干部的特供是很优厚的。在本人的定量内，不仅好米好面任意挑，还有足够的植物油。那时保俶塔下有个指定粮店，我有时便到那里去用自行车驮富强粉。后来我常想，当时我那种"浑不论"的架势，大约实在讨厌。难怪也招来家人包括做饭阿姨在内的不满。也许在我的潜意识中，是想用大哥的富强粉抵消在小票问题上我对长拱的拖欠吧。但大哥还是愿意为我和长拱的交往"做贡献"的。他为人热情，比我还健谈。我的朋友们一律叫他大哥。

1961年我父亲因肝病在杭州住院，这次我在杭州居住时间最长，但当时于长拱已有女友相伴，我们交往便少了起来。长拱还是常常不期而至。有时他自己，有时带着女友。长拱的女友冯君给我留下过很好的印象。我暗中把冯君和W君作着比较，觉得冯君之于长拱要合适得多。冯君话不多，为人矜持。我常常从她的眼神里发现她对长拱的一往情深。我问曹先生对冯君的看法，曹先生说："再……再合适没有。"

这年春节过后，有天早晨我还没有起床，有人敲门，凭感觉我知道这是长拱，便胡乱披些衣服去开门。果然是他。他进门来显得急不可待的样子问我："哎，铁……扬，你手头有钱吗?"我说："你要多少?"他说："有多少，给我多少。"我说："有事?"他说，是这样，他要替侯一民买辆车（自行车）。等侯一民寄钱来他就还我。正任教于中央美院的侯一民先生也是油画界一位明星，于是我把身上的钱都收敛起来，凑了近四十元。我说："就这些了。"他顾不得数，把钱一折装入裤子后面的口袋。我记得他穿一条黑毛料西服裤，上身还穿那件白绒衣。他走出门。我从窗子向外望去。他的白绒衣、半新跑车和他一闪即逝。那天有小雪。

没想到，这竟是我和长拱最后一次见面。大约半个月后我离开杭州回北方，照一般规矩应当去和长拱告别的，可是有了那次借钱的事，也许告别就有了讨债的意味。我犹豫一阵，终没有去。后来我们只有过一两次书信往来，信中说他就要和冯君结婚了。不久还接到他寄给我的画册，是他的《东海前线写生集》。小开本，有三十几页吧。里面有东海，有军舰和海军战士。画册里没有信。我翻看着画册，发现他画得很松散懈怠和心不在焉。已经失去画冼星海时的风采。但我还是作为珍贵礼物保存很久。

又过了一年，美术界有传闻说，浙江美院的于长拱自杀而死。我听到后当然不敢相信自己的耳朵。赶忙写信给曹先生去询问。曹先生很快就来了信，说，那是真的。还说他用刀片切开自己的喉管，死在他刚刚布置好的新房里，隔一天便是他和冯君的婚期。但信中却只字未提他的死因。

后来我断断续续了解到长拱的死因和一些细节。他的学生胡振宇来河北工作后，细节才彻底详尽了：当时于长拱正担任着胡振宇那个班级的油画课教学工作。这天，他没有来上课，作为课代表的胡振宇便去找他，发现人们正从那间即将成为新房的屋子里往外抬人。这便是自杀之后的于长拱。胡振宇和几位学生也立即参加了抬人行动，他们把生命垂危的于长拱抬往医院抢救。路上胡振宇看见于长拱断裂的喉管向外喷血，便用块棉花给他堵住……

于长拱自杀之前，他从河南远道而来的老母亲正坐在屋内为他洗衣服，她听见床上有动静。于长拱正在床上蒙头"睡觉"。睡着的于长拱发出的声音很奇怪……

新房的墙上挂着潘天寿专为于长拱的婚礼而作的画……

又过了两年在北京遇到曹思明先生，他告诉我，于长拱是用双面剃刀片切断喉管的。剃刀片是广州美院的王恤珠先生作为礼物寄他的。进口的吧。广州总是不同于其他地方的，那时就不乏进口货。但是，关于长拱的死因仍是个疑团，曹先生只说，大家猜：学校要给于长拱晋升讲师，人们便反映他的一些毛病，比如借钱不还吧。对此，细心的人有过统计，长拱的借钱大约已累计近两千元（一个惊人的数字，当时我的工资是六十四元八角。年工资应为七百七十七元六角）。我便想起他那次找我借钱的事。我问曹先生，两千元做什么用了？曹先生说，没做什么用，零吃了。"可他从不一个人吃东西呀，他请大家吃。"曹先生说。我又想起我们的吃点心吃"海丰"大半是长拱付钱。

我又问曹先生关于他那些"小票"的事。曹先生说:"从同学那里搜罗的。他也给同学吃呀。"

于是,我仿佛看见一个总是取之于"民"、用之于"民"的怪人。到底还是"取"多于"用"的。或者他不长于算账,或者明知有账姑且不算,一旦算时才恍然大悟,于是只剩下一条路可走了。这便是于长拱的性格吧:在人前他不愿一个活着的他失去那潇洒倜傥的形象。那白绒衣,那跑车,那对人的出手大方……如此,朋友们倒可以原谅他了。

但他的包括我在内的美术界朋友对他的评说实在又不能到此为止。在艺术上他那新星般的光彩呢?为什么他后来的作品是那样懈怠和漫不经心?用句内行话形容这种画叫"拿不起个儿"。画的拿不起个儿,难道不是基于人的"拿不起个儿"?如此,朋友们又不能原谅他了。

"文革"后期,于长拱逝世十年之后,我的朋友、油画家潘世勋约了侯一民先生以及夫人邓澍先生、李宗津先生在侯家为我女儿铁凝画像。我很想问一下侯先生托于长拱买车那件事的真伪,几次话到嘴边又咽回去。因为我愿意那件事是真的。

1996年3月

云晴龙去远

——周昌谷逝世30周年

今年是我的朋友、画家周昌谷逝世后的第三十个年头。如今周昌谷的名字在画界渐渐淡去，我在艺术院校作讲座时，问过几位学生，他们都不知周昌谷是谁。然而在二十世纪五六十年代，周昌谷在画界是一位无人不知无人不晓的新星。这源于他过早的"出道"，在国际比赛中获奖，且是最高奖项 —— 金奖。那是1954年在布达佩斯世界青年联欢节上。当时的青年联欢节是社会主义阵营的一件盛事，它包括了艺术各门类的比赛，著名歌唱家郭兰英也曾在前一届比赛中获过奖。当时周昌谷的参赛作品是《两只羊羔》，画了一位藏族少女凭栏而立，两只羊羔在她脚下做着依偎。此画的获奖不仅证明了周昌谷的实力，也为中国画中的人物画创作提供了一个全新的范例。当时的中国艺术，正充斥着图解政治的倾向。《两只羊羔》却一反常态，画了一幅与政治无关的田园"小品"。那是人和自然安谧的大和谐。当时周昌谷的获奖就像为中国艺术界吹来一股新鲜的空气，因为它突破了当时中国艺术和政治难解难分的模式。而当时的周昌谷才是刚从浙江美术学院毕业的一位青年。

我与周昌谷相识始于二十世纪六十年代初，是靠了油画家曹思明先生的介绍，然而一经认识便成了至交。论年龄，昌谷应该是我的大哥辈，论资格他已是一位新星，是浙美的一位"名师"，而我尚是一位学艺术的普通毕业生。

周昌谷　两只羊羔　国画

那时作为青年画家、青年教师的周昌谷，创作正处在巅峰时期，他住在浙江美院附近的韶华巷的巷子里，来韶华巷"串门"便成了我来杭州的主要目的。那时我的父兄也住杭州，杭州几乎也成了我的第二故乡。每当来韶华巷串门，我都经受一次艺术熏陶，因为那时年轻的周昌谷实在已是一位学者型的长者。他不仅作画"入道"，对于书法和诗词也有着不可忽视的造诣，而对于艺术和生活的关系也有精准的论道。他的作品虽多为《两只羊羔》式的"小品"，但其生活根基却有深厚积淀。一次他从云南写生回来，不仅对于云南的众多少数民族有了深入的了解，就连云南的茶树、茶叶、茶花都有独到的关注和认识，虽然浙江杭州也是茶叶的名产地。后来他画采茶图，就是一种全新的形式，大大有别于我们对采茶的概念。他所有"出新"的根基都是立足于中国文化之上。他告诉我在中国诗词中他最喜欢辛弃疾，他主张研究中国文化要采用深入研究和普遍开花相结合的方法。我注意到昌谷对于辛弃疾应该说是一位研究专家了，而对于书法，他也自有严格的把控。一次我捧着一位书法家送我的字，请昌谷过目，昌谷看过后直截了当地对我说："铁扬，画可以有漫画，字可不能有漫字。"原来是这样。两个"漫"道出了书法应该有的气质：形式可新，"漫"却不可以流淌于书法中。目前，书法界"漫"字是否多了些，这是题外话。

　　凭着昌谷对中国文化的研究，凭着他对国画的娴熟操练，凭着他对生活的严格把握，凭着他对艺术的不浮躁、不招摇、无表演，谁能预料这位才华横溢的青年在艺术道路上能走多远？然而疾病使这位新星过早地离开了我们，肝病始终纠缠着他。加之一些运动的连累又使他的肝病治疗一误再误，我和昌谷的最后两次见面都是在他肝病加重时。

1976年的冬天，那时"文革"已结束，昌谷正在家中栽种水仙，在一间寒冷的屋子里，他用一把小刀正在一株发芽前的水仙头上雕刻着。他的棉袄袖子很长，手像在袖子里面袖着，脚上穿一双硕大的棉鞋（杭州的冬天是很冷的），脸上本来稠密的胡子也未刮，但他对手下的活却很专注。雕刻水仙是一种手艺，为的是让水仙叶子弯曲着生长，好突出花的本色。昌谷见我进来，未做任何寒暄，也未放下手里的活，只说："铁扬，我教你刻水仙吧。"就这样，他一面为我表演着刻水仙的手艺，一面潦潦草草地叙述了他这几年的经历，茶也没有喝，饭也没有吃，我们就做了告别。很难形容我们这次见面的氛围。分别时我还是有了意外的惊喜，他把一枚早已为我刻好的名章交给了我，这是一块不大的鸡血石。昌谷告诉我，我名章的字体为"泉文"，又告诉我，图章刻于他在"文革"中最受煎熬时。

又过了几年，已是改革开放的年代，我得知昌谷身体好转，并已带着研究生，此时我也正在"中戏"任教。哪知肝病还是不依不饶地缠绕着他。我们最后一次见面是在医院一间不算小的病房里，除了病床，院方还为他设置了一张画案，精神好时，他还是可以写字画画的。这天他精神不错，见我进来，刚输完液的他，从床上坐起下地，显得无比兴奋。那天，我们围着画案谈了许多：老朋友们的趣闻、中国艺术的走向……最后，昌谷执意要送我一幅字，在两条裁好的四尺宣纸上用饱蘸着墨汁的大笔写下了"云晴龙去远，月明鹤归迟"，写完告诉我，这是他正在练习着的"蚓书"。昌谷写字风格多变，每幅都有出处，却都不"漫"。

这是我和昌谷见的最后一面。分别时，他执意要把我送出医院大门，后来我们在长满冬青的甬路上做了告别。

云晴龙去远，月明鹤归迟。我总觉这幅字代表着昌谷的一种难以捕捉的心情，它似乎预示着一种什么，莫非这真预示着他将远去？而当时阴霾的时代已过去，天气是那么晴朗。两年过后的1984年，我接到周昌谷逝世的讣告，他真的已离我们远去。但我因事没有向昌谷告别，只在家中悬起他送我的一幅幅字、一幅幅画，我在前面默立许久。这几年我也习字，常写"云晴龙去远"反其意送友人，祝愿他们趁形势大好，越飞越远越高。这或许也是昌谷对我的祝愿吧。

2014年12月8日

发于2014年12月20日《燕赵都市报》

铁扬与周昌谷（摄影）

我与贺昭

十五岁时我来到当时的省城保定。我来保定得力于我在"华大"的学习，那是解放初期的1950年。

"华大"是华北联合大学的简称，当时它设在正定那座天主教堂里，庭院里盛开着月季花。在那里我们学习政治、学习辩证唯物主义，还演戏、画画。我了解到劳动创造了人，也不知不觉地接近了文艺。于是省文工团到"华大"来招人，经过"严格"的考试，录取了我。那考试很具专业性。在考场一位个子不高、穿皮夹克留长辫子的女"考官"问我，你会哭吗？我蒙了。她说这就是考试，你哭一个。我为难着不知所措。她一定是看出了我的为难之处，便对我说：你想一件伤心事，就会哭出来。我按她的指点去做，想起一件伤心事，想着想着掉下了眼泪。我成功了。

考试当然还有其他内容，比如朗诵。还是那位穿皮夹克的女士，信手从桌上拿起一张报纸，指出一则短文让我念。我念起来，念得很吃力。这有两个原因，一是我口吃，二是我的家乡口音。很快她制止了我。但两天后，这位女士还是把我领进了省城。从此我便是"圈内"人了。我的进"圈"是得力于我的哭吧，显然不是得力于我的朗诵。

原来那位穿皮夹克、梳辫子的女士叫贺昭，省文工团团长。她的穿着和谈吐很是与众不同，给人一种"个别"但干练的感觉。贺昭的先生洪涛，也是省文艺界领导之一，他们都是南方人。

那时我觉得省城保定很大，从火车站到文工团驻地要穿过那么长的两条街，西大街和北大街。我和贺昭同坐在一辆马车上，马踏着保定的鹅卵石街道，发出清脆的响声。赶车人叫老马，说一口保定话，在车辕上和贺昭聊天。那时的保定街道上没有汽车，自行车也很少，马车和行人摩擦着前进。原来这车就是省文工团的交通工具，管接人送人。演出时，把灯具、布景也装上大车，还是在大街上和行人摩擦着前往剧场。

保定很大，新鲜事也多。现在想来许多极平常的事，当时也觉得新鲜。比如吃土豆、吃芹菜，冬天取暖烧煤球，

屋里的拉绳开关 …… 当然最新鲜的还是发生在舞台上的一切。

后来我逐渐熟悉了舞台这个方匣子里所发生的一切，站在舞台一侧看戏时，竟"研究"起故事中那些不合情理的虚假之处了。当时虽然我的理解能力浅薄，但还是能看出故事中那些不合人情的地方。我所以能看出，因为戏剧故事演的就是人类生活。人类看自身的行为，或深或浅总能看出几分毛病。除非你是视而不见，或因了其他。

有一次剧团要参加全国话剧会演，贺昭团长把省内的一位"剧作家"介绍给大家，说他为会演专写了一出话剧。写一位叫春生的复员军人回乡带领村人走合作化道路的事。剧作家当场把剧本做了朗读，他带着浓重的冀南口音，自我感觉极好。后来这出戏参加会演，剧本还得以发表，作者拿到了一笔稿费，在北京买了一所四合院。那时稿费高，房价低，一千元就可以买个四合院了。这是后话。

这出戏里有这样一个情节：有位老奶奶——主人公的奶奶，因思念参军打仗的孙子春生，每天站在村口瞭望等待，盼孙子回来，达八年之久，使得老人双目失明。当孙子春生真的复员回家时，奶奶已是一位双目失明的老人。

若不细究，这一情节也就被忽略了。细究，便是逻辑的混乱。神话可以，民间流传的那些"望娘滩""望儿滩"，那些望娘望儿的活人都可以变成石头变成山。现实中老人（或孩子）对亲人的瞭望式的等待是有限度的，若没有近在眼前的希望，人是不会做出生理上过分的追求和期盼的。何况孩子是去参军打日本、打老蒋去了，老人家是大可放心的。

那时我站在舞台一侧看戏，想到这位编剧在北京买房子的事，便强制自己去相信这一情节的合理性，因为这是一位剧作家写的呀。他买得起四合院。

贺昭有时也站在舞台侧幕边看戏，我很想就这一情节听听她的看法，但我尚没有勇气和贺昭做交流。我们一起在后台吃午饭（大半吃包子），我们可以就包子论包子。她像个老熟人似的叫着我的名字喊："铁扬，你说这包子咸不咸？"我轻描淡写地应付着。

那时贺昭给我的感觉有时像一位风度翩翩的艺术家，有时又像一位快人快语的爱管家的老大妈。她和赶车师傅聊天；指出已做妈妈的女演员给孩子喂奶时的不规范之处；指出炊事员搭配伙食的弊端。她把炊事员叫过来说："别光给大伙吃白菜土豆，常到菜市转转，买点新鲜的。"

在生活上贺昭总是要给大家闹出点新鲜的。那时我们每年要发冬装、夏装。有一年她对管总务的说："今年把夏装改进一下，做乌克兰服。"顾名思义，乌克兰服是乌克兰人的衣服，一种宽大的套头衫，胸前还沿着花绦子。后来我们穿着它在保定大街上走，很是风光。

有一年我们排练苏联话剧《曙光照耀莫斯科》，贺昭作为主演还思考着剧中人物的穿着，她让我做服装设计，在会上点着我的名说："你明天就去北京买高跟鞋，不论主角次角，女演员一人一双。买回来就发给大家穿，得练习走路，不能等上台再穿，要崴脚的。"

我买回高跟鞋发给女演员，她们不会穿，贺昭就穿起来给大家做表演，作为南方人的贺昭，显然是熟悉此物的。

在北京我还了解了一些"苏装"的特点和外语称谓，向贺昭汇报。贺昭也跟我学着用俄语说着："布拉吉"（连衣裙）、"不劳斯"（女衬衫）、"诗拉帕"（礼帽）……我把我画的服装设计图给她看，她指出一件用刚学来的俄语说："这件布拉吉颜色不好，太老气……"后来我们的戏在省会演出，大出风头，散场后贺昭和我步行回住处，说："铁扬，咱得进步啊，演外国戏就得学点外国文明。"

贺昭和我在这次的共同"进步"之后，不久就做了告别，她离团进京，进入中央戏剧学院苏联专家的导演进修班。两年后我们再见面时，我已是中央戏剧学院舞台美术系的本科生，我们常在校园相见。秋冬时，贺昭还是穿件皮夹克，长辫子已不在，改成一头蓬松的短发，显得人更干练。每次相见，贺昭都向我摆摆手叫着我的名字说："来，说两句话。"很自然我们就谈起河北，谈到我们的过去。一次她问到我那次的哭，她说："我还从来没有问过你，那次我考你，你想起了什么就哭了？"我踌躇着，不想告诉她，因为那是我埋在心里很深的一件事，它联系着"政治"。贺昭还在问我，点上一支烟（贺昭抽烟，显得很"派"），以探究的眼光望着我，看来她是要问到底的。

我在不得已时告诉她，我说，我在老家上小学时，是儿童团团长。也许我一向神气活现，直到1947年"土改"时，我的命运才有所变化——我出身不好。在学校因了一个不值得一提的理由，我被"双开除"了。但我不愿告诉家里人。每天该上学的时候我还是装模作样地背上书包走出家门，做出一副去上学的样子。然而我走出家门后就溜出村子，钻进庄稼地一坐半天，直到中午才回家吃饭。这情况达一月之久。一天我又要背上书包出门时，父亲叫住了我，说："别去了，我都知道了。"他声音平和带着几分凄婉。我止住脚步，泣不成声地背过身去。

父亲对我一向严厉，若我平白无故逃学，他是不会轻饶我的，而现在他只是叫住了我。父亲在当地也是一位有身份的革命者、社会活动家，由于"时局"的原因，他也"赋闲"在家。

我把故事讲给贺昭，贺昭以一位导演的角度说："我明白了，致使你哭的原因可能有两个，一是你被迫离开了学校，二是你父亲叫住了你。你能告诉我致使你哭的是哪个吗？"我告诉她是第二个。她说，这就对了。为什么？因为这合乎逻辑。符合逻辑的逻辑才能出现真实的"规定情境"，你父亲叫住你是个意外，这个意外就是此时此刻的规定情境，这使得你非哭不可。哭是靠了规定情境的感染。"规定情境"是演剧学里一个很专业的名词，看来贺昭目前正研究演剧理论中的"规定情境"。在舞台上，人物的一切行为都和规定情境有关，而规定情境正是产生于合理的逻辑。

谈着规定情境，贺昭约我到她家去吃面条。在路上她从南锣鼓巷一家切面铺买了切面。当时贺昭全家住棉花胡同二十二号，中戏在十二号，二十二号距十二号只有几十米远。二十二号是个艺术家大院，那里住着中戏许多名人教授。

我和贺昭常常在校园相遇，常常听贺昭讲关于导演学的一些知识，话题也经常转向在河北时的一切。谈得轻松愉快，不幸的是我们在中戏还遭遇到1957年的"反右"斗争，当时我所在的班级是个"温和"的班级，是唯一一个没有出学生"右派"的班级。当"运动"如火如荼地展开，校园的大字报铺天盖地时，我们正躲在教室画静物，大家一面观察着静物的安静，一面听着室外那些讲演、争论的喧闹。但"运动"的发展是由不得你的，有时你不找"运动"，"运动"也要找你。"运动"终于找到了我：系领导要我去批判贺昭。贺昭将要被定为"右派"了，此时她已毕业，在本院所属的实验话剧院任职，现正在该院挨批斗，"运动"的发展需要一些知情人去发言。我是贺昭在河北的"战友"啊，领导要我去揭发贺昭在河北时反党的或不符合党的原则的言行。系领导还告诉我，这也是对我的考验，学校正在学生中划左、中、右。

晚上，我在床上辗转反侧：遇到了前所未有的"难处"。我实在找不到贺昭在河北时的反党言行。但学校已把我当成了贺昭的"知情人"，何况又告诉我学校正在学生中划左、中、右。我实在又不愿因了我的"萎缩"甘心向"右"。再说，从一位身居领导干部的人身上找一点"不符合党的原则"的言行，还是可以找到的吧。花了几个晚上，我终于想出三条：一、贺昭在河北期间，常常以自己的资产阶级生活方式影响我们，我们穿粗布棉袄，她穿皮夹克。二、以拍戏需要为名，向大家灌输资产阶级生活方式——借戏里有"郊游"，就带我们去郊游。借戏里有女性人物穿高跟鞋，就提倡女同志在生活中穿高跟鞋。三、用公款置装费不为大家做规定的制服，却做"乌克兰服"。

以上内容我就如此这般地在批斗会上结结巴巴讲了出来，当时的会议主持人是著名演员于蓝。贺昭看我发言，表情很是异样，显然我的出场很使她意外。但我发言时，她还是在一个本子上半真半假地记着，有时朝着房顶看看想想。

于蓝不知道我的名字，管我叫"河北同志"，我发言结束后她说："这位河北同志发言很生动，有内容。"但我惧怕再见贺昭，面对她我将无地自容。

也许因了我的发言，改变了我在"运动"中不明不白的身份，我开始被任用办起了校办的《真理论坛报》。

自那次批判会后，我再次见到贺昭是我毕业离校二十年之后。二十年后的二十世纪八十年代初。我回母校任教，母校还在棉花胡同。

一次，我在棉花胡同遇到迎面走来的贺昭。贺昭认出我，笑着向我伸出手，两鬓的白发随风飘着。这正是入冬时节，棉花胡同的风格外硬。贺昭穿一件崭新的羽绒服，本来就不算高的身材显得格外宽横。

我踌躇着伸出了手，一时不知说什么，想到那次我的发言，心里七上八下，更不知对贺昭的"右派"定性起了多大作用。贺昭是被定为"极右派"的，经过多种形式改造吧。没想到二十年再见面的贺昭却就她的羽绒服抢先对我说："铁扬呀，快去买羽绒服吧，在地安门商场，减价了，不到四十。"那时我的工资是六十四元八角。

我看着她身上那一个个轻盈的"大泡"，还在想那次的发言。贺昭大约看出了我的尴尬，就专说起她正在排戏的事。她仍在实验话剧院做导演，正在导着一出叫《未来在召唤》的话剧。对她目前的工作显出信心百倍、雄心勃勃。原来二十年的风风雨雨并没有为她留下什么消极的痕迹。她约我去看戏，我答应她一定去看。后来贺昭又约我去她家吃面条，我又来到她二十二号的家中，我们七拐八拐又走进她那两间中西合璧的老房子：典型北京四合院的门窗，却铺着老松木地板。回家前，贺昭又在南锣鼓巷买了切面和肉馅。

这时她的先生洪涛已经去世，"文革"期间他死于外地一个"五七"干校，两个儿子一个女儿已离家，现在贺昭一人住在这里。

吃着面条，贺昭到底才谈起了"反右"时的那次批判会，她又是带着一个艺术家的职业特点谈起的。她谈到艺术创作中"逻辑"这个最应遵循的基本原则。她说我那次的发言，对她的"右派"定性没有起什么作用，因为它缺乏必要的逻辑性。她说："铁扬，你想，逻辑不对，他们没法上纲啊。乌克兰服是苏联老大哥的呀。你说的那几个问题也是为了排练苏联话剧《曙光照耀莫斯科》所必要做的呀。郊游，穿高跟鞋，都是戏里有的呀，得体验，得练习，咱们河北离这太远，咱们太土。我要是带头学美国，那可就是原则问题了。"

没想到贺昭的几句话，使我如释重负，很快我们就谈起了艺术。那时，我正和我的老师齐牧冬一起为中央歌剧舞剧院设计舞剧《文成公主》，这也是后来我没有去看《未来在召唤》的原因。

贺昭买肉馅是用来做炸酱的，可惜她的酱炸得有点老，炸出的酱发硬。她看着我把一块酱放在碗里，左搅右搅搅不开，就告诉我加点醋。醋果真稀释了坚硬的炸酱。

最后，我们少不了又谈起河北的事，七拐八拐拐到那出话剧。贺昭说："什么什么什么呀，一个老太太盼孙子回家盼瞎了眼，在村口一站八年，胡编乱造，孙子是打日本打蒋介石的呀，也是个逻辑混乱。"贺昭快人快语，有时说话连着说几个什么什么，像质问又像否定。这时靠了眼前的气氛，我斗胆问贺昭："当时你是团长啊。"贺昭说，"推荐"来的。不知她指的是那位作家还是那位作家的剧本。我本来想问谁推荐的，但又觉得这已经不是我该问的了。吾国吾民是懂得适可而止的。再者，谁推荐的，那已是遥远的历史了。

2010 年 10 月

我与周思聪

　　像往年岁末一样，1995年岁末，我照样又收到不少国内外朋友们寄来的贺卡。今年在众多的贺卡中，最使我注重的，便是周思聪亲手为我画的这张。这是画在一张办公用的粘贴纸上的一幅静物画，它只有几厘米大：几枝不知名的花插在一个陶罐里。花和罐子都是用细弱的签名笔画成，用铅笔涂着淡淡的赭石色，不算茂盛的花朵低着头。可以看出这是周思聪那只患病的手，极力把握着手中的笔画成的。这一方小纸又被这双手努力裱在一片深红色卡纸上。裱纸上写道：铁扬老师，新年快乐，全家安康。思聪、卢沉九五岁尾。二十个字。

　　面对这张贺卡，我的心情久久不能平静。虽然它用了红纸作衬，淡黄纸作画，却显不出一点热闹，相反，我觉出的却是无尽的惆怅。她对我的美好祝愿，就笼罩在这无尽的惆怅中。我想到她的身体，想到她正在以她的艺术为依托，与疾病抗争的顽强。今年她不断以"轻雷"为题作荷花，就是证明。现在从这张小小的贺卡里，我就仿佛听到了隐约的雷声。我把它镶在一个镜框里，郑重其事地挂起来。

大约一个月之后，在单位的一次会议上，我便听到周思聪逝世的消息。回到家来，我面对那张贺卡，觉得一切是那样符合我的感觉。我立刻给卢沉打了电话，询问事情的真伪。卢沉告我，思聪确实走了。和卢沉交谈几句后，我们很快就谈起贺卡之事。卢沉说，那是思聪专门画给我的，并说，周思聪画贺卡是第一次，也是她最后的一张画。

我和周思聪认识"交往"很晚。先前只是敬重她的作品，敬重她的人品。她的画不论是早期的写实风格，还是"变法"后的画风，我都十分敬重。作品中没有任何急功近利的虚荣和俗媚，有的只是有感而发的真诚与纯洁。一位画家如果没有那样高洁纯净的人品，怎会有如此纯净的画品。

我和周思聪"正式"相遇是1994年春天，我在中国美术馆举办画展时。当时一位友人答应帮我请周思聪来参加画展开幕式。当然，能请到周思聪，我是非常高兴的。但当友人与我同往周思聪的住宅去看望她时，原来她的身体正被顽疾缠磨得难以出户。那天她只能倚靠在床头和我们说话。她嘱咐卢沉为我们泡了茶。我则把我的一本画册送到她手中，我们的谈话是从这本画册开始的。她边翻画册边显出激动地说着我那画册的好话。开始我对她的赞许只当"客气话"听，因为我自知我那本画册分量的单薄。哪知周思聪的赞许，并非只是客套。翻完画册对我说，她是多么愿意到美术馆去看到原作。说时，她的表情凝重、真切。可以看出她是多么希望和我做这次真挚的艺术交流。但她又是无奈的。最后她只好请卢沉代她前往了。

开幕这天，卢沉距开幕式早一小时就来到了美术馆。我们见面后，卢沉拉着我的手说，原来他昨天就来过一趟了，因为周思聪记错了时间，一大早便催卢沉来看画了。二人对于开展日期还有过争论。结果卢沉服从了周思聪。可以看出周思聪让卢沉代她来看画是如此在意。

画展结束后，我约铁凝再去看望周思聪，见面后卢沉告诉我，他从美术馆回来，周思聪是如何向他询问画展的情况，还取出我送她的画册和卢沉的讲解做着对照，看到我们后再次为她看不到原作而遗憾。

这次见面，我们谈得很多，谈了画家有感而发的重要，而有感而发又是基于画家对于自然和生命的赞美；形式是什么，以及艺术语言的表现力；还谈了目前艺术界的浮躁；无病呻吟对于艺术家的危险……我们的交流坦诚而率直，没有任何谁对于谁的迎合。如果说我和周思聪有所"交往"，这便是"交往"的开始吧。分别时，她让卢沉取出她的一本画册送我，便是她1993年出版的那本，以荷花和苗家妇女为主。

我不断翻看思聪送我的画册，觉得她的作品和她的言论是那么一致。好像病魔缠身的她对于艺术的思考更加单纯，更加平凡淡定，更加可爱了。她在画册的分类题记中写道：我爱静谧的大自然，我爱平凡的人。可见自然静谧了，人平凡了，便也可爱了，也值得去爱了。反之，自然喧闹了，人失去了平凡，也就不那么可爱了。再爱也就不值得了。这是周思聪对人生的感悟发现，也是一切真正的艺术家的感悟发现吧。

距我们见面一个月之后，我曾有一封信给她，信中再次谈到"做"艺术和做人的看法。周思聪很快就回了信，她称我为老师。信中说："铁扬老师，今年我觉得很高兴的事，就是结识了你们父女两位艺术家，中国有句俗话叫'君子之交淡如水'，我很欣赏。有的人与人之间交往频繁，但未必默契和自然。有的则一见如故。"可见我和周思聪都已感到，我们是一见如故的。我们共同欣赏着"君子之交淡如水"这句至高的人生交往境界。或许就是因了这些，我曾有几次去看望周思聪的打算，但又被自己打消了。我生怕干扰了我们这一淡远的人生主张。再说，病人少些应酬，无论如何是有益处的。这年只在元旦时我给她寄了从邮局买到的那种贺卡。周思聪给我寄来了她的"新荷"的照片和吉利的祝福。这是1994年。

1995年有一段时间我在美国，岁尾前回国，便接到了周思聪为我制作的贺卡。

我常想，讲世俗间的交往，我和周思聪实在谈不上。然而，有了我们对于"君子之交淡如水"的共同欣赏，"交往"毕竟是存在于我们的交往之中了。在我们的交往中，我一再体会到，周思聪作为一个"平凡人"的不平凡。她的不平凡之处正是她真诚地热爱着"平凡"。然而她实在又是平凡的。当你面对周思聪的平凡时，你才会对整个人生、对你从事的艺术增加几分信心吧。一部民族艺术史是不能没有周思聪的。她不平凡。

"芙蓉塘外有轻雷"，李商隐的诗句吧。

2012年10月

右一为周思聪，中间为其先生卢沉（摄影）

我与曹思明

  解放初期，在我国用油画颜料作画，且能驾驭现实题材的画家，为数实在不多。在我的印象中，大约只有黎冰鸿、莫朴、罗工柳等十多位先生，曹思明也是其中一位。他们的一批革命历史题材油画，填补了中国这一时期油画创作的空白。而董希文先生的《开国大典》又为这批作品画上了更加圆满的句号。曹思明的《平型关大战》也被频繁地发表和印刷。从某种意义上讲，他们较中国第一代油画家徐（悲鸿）、刘（海粟）、颜（文樑）更显灵活。他们不计较流派的影响，抱着艺术为政治服务的信念，诚恳而朴素地作画，很难说他们心中的油画偶像是德拉克罗瓦①还是戈雅②。

---

① 德拉克罗瓦（1798—1863），法国画家。
② 戈雅（1746—1828），西班牙画家。

当时论我的年龄和辈分，与油画家曹思明是不会有交往的，然而我们认识后，交往却很不平常。

曹思明早年曾留学日本，五十年代在浙江美院任教，那时我尚是中央戏剧学院舞台美术系一名高年级的学生。因了我的大哥和父亲的关系，杭州几乎成了我的第二故乡。那时曹思明是浙美为数不多的讲师之一，人们称他曹先生。曹先生三十多岁仍是单身，和油画新星于长拱同住一间单身宿舍。于长拱刚从马克西莫夫的油画训练班毕业不久，他以他的毕业创作《冼星海在陕北》在油画界一锤定音，很是被人刮目相看。我认识于长拱是早于曹思明的。一天，我去浙美看于长拱，他领我走进他们的宿舍后，信手拿起一只铝制小茶壶要为我煮茶。于长拱对我说，壶和茶叶都是曹先生的。凭着曹先生用小壶煮茶的兴趣，凭着主人不在，于长拱用这壶和茶叶的随便，我猜曹思明一定是位宽厚可敬的先生。果然我没有猜错，和曹先生认识后，很快就发现，有着兄长风度、性格宽厚随和的曹先生，好像活跃了整个美术学院。上至几位艺术大师，下至年轻助教和同学，似乎谁都不拿曹先生当外人。在浙美有了曹先生的引见，几乎没有你见不到的人，没有办不成的事。即使曹先生不在，只要你打他的旗号，要办的事也会相对容易。

我认识曹先生始于1958年。虽然认识他是靠了于长拱的关系，但后来我和曹先生的见面交往是多于和于长拱的。如果说我和于长拱的交往带着年轻人的潇洒不羁的浪漫，那么和曹先生的交往无疑是多着几分平和的真实。曹先生为人随和，生活工作却有秩有序，在他和于长拱同住的这间小房子里，靠了他的经管，使得这里滋润而有趣：他用小电炉、小铝壶煮红茶，喝绿茶自有绿茶的专用杯。一条蓝条呢围巾，不论系在脖子上还是挂在墙上，都显得平展而挺括，几件颇具纪念意义的小纪念品，总是摆列在一个很讲究的位置。提到曹先生的喝茶，他对绿茶的品尝比红茶更为严格。开始我喝他的龙井时，把茶叶放进茶杯，举起暖瓶便倒水，曹先生制止住我说："不行。铁……扬，可惜了，可惜了。"他说的是茶叶。曹先生说话和我一样稍带口吃，每次叫我都把铁扬二字断开。曹先生告诉我，泡新龙井，要先放水后放茶，这样泡出的茶格外绿格外鲜。他给我做泡茶示范：先将开水倒入玻璃茶杯，用手握住茶杯试试温度，待温度合适时，把适量的茶叶投入水中。少时，即见茶叶一片片舒展开来，开始垂直下沉，茶和水都慢慢变绿。果然和我平时泡出的茶大不相同，这时你觉得杯中已不再是茶，那实在是一杯春天。

很长时间，杭州对我有着极大的吸引力，这除了杭州的气质出众，有我的亲人，且有曹先生和他泡出的茶。于是一想起杭州，脑子里就会出现一个形象思维的飞速转换：白的墙、灰的瓦、家人、曹先生、一杯碧绿的春天。

曹先生的作画如同他的泡茶，对于油画的作法，他从不乱来，一笔笔一刀刀，该放在哪儿就放在哪儿，能用两种原色调出的颜色，他决不用三种。他说三种颜色的混合，色度就会黯淡。他说画布纹路不合适，内框不规矩都会影响画家作画。他的画干净而不甜腻，严谨而不刻板，充满着他的艺术科学。

作为朋友，我常把曹先生和于长拱作比较，在艺术上于长拱就显得散漫无序，虽然他在马克西莫夫的油训班放过那么耀眼的光芒。在生活上，于长拱吃得随意、喝得马虎。曹先生是清高的，就像他的泡茶，自得其乐也乐个与众不同。

曹思明作为比我年长十几岁的单身大哥，我也经常关心他的个人生活，暗中观察他对于女性的动向，可惜总无所获。后来我从中戏毕业来河北工作，便从河北为曹先生物色了一位女友——歌唱演员，我请他来河北"相亲"，他真的千里迢迢来到河北，可惜和那演员草草见面后，他便笑着对我说："铁……扬，你我还是经常在杭州见面吧。"我懂了。

1963年吧，我因工作不得脱身，一年没有去杭州，一年中曾两次写信给曹先生终也未得回信，而此前他对我是有信必回的。一年后我们在杭州见面时，才得知，原来曹先生恋爱了，确切说，他是因了恋爱才顾不得回我的信。我对他说，如果这样不写也罢。而曹先生却显出沮丧地说："完……完了。"我沉默一阵，他也沉默一阵，又说："不过我们也真好了一阵子。"他和我说了不少他和她激动难忍而今又使他痛苦难挨的细节，最后他对我说："你……认识她。"我说："谁……谁呀？"他告诉了我她的名字，那是一位话剧演员，一位正在浙话（浙江省话剧团）"挂头牌"的演员，Z君。我认识Z君，那时她正在话剧《胆剑篇》里演西施。Z君才貌出众，我很为曹先生高兴，当然现在我的高兴为时已晚，我问他能不能挽回，并说必要时我可以去找她。曹先生说："不必，不可能挽回，省里领导找她谈了话。你……知道，我在日本留过学。"那时一个"尖子演员"的终身大事是要由领导决定的，谁让Z君是尖子呢。谁让曹先生去过日本呢。

这次见面，曹先生给我看了一幅肖像画，画的是Z君在一出戏里的剧中人，好像是一出朝鲜戏，Z君穿着洁白的"朝服"。曹先生把白色经营得纯洁而耀眼，我总觉得那是曹先生肖像画中的一个顶峰。

这次在杭州我也见到Z君，还是委婉地问起她和曹先生的事，她深有歉意地叹着气说："铁扬，你的朋友曹先生，天下没有比他再好的人了。"

曹先生是决心要"忘掉"Z君的。他一次次向我表示着这个坚定的信念，而我又怀疑着他的坚定，他每次见我，总要先问，见过Z君没有。一次，我告诉他，Z君将在某个电视剧里演某某。他说他已注意到了这个信息，可见他仍关心着Z君的行踪。后来，这部电视剧每晚黄金时间在中央电视台播出。当然，Z君已不再演西施，而演某夫人，我想，每晚我坐在电视机前时，曹先生一定也在看电视，也许他永远不会认为她是夫人，那就是Z君，那就是"西施"。

在以后的日子里，我和曹先生见面交谈，话题永远是过去，我们谈过去谈得自如，话题一涉及现在，即生疏得要命，稍有不慎，或许还会使我们互相警觉起来，这警觉影响着我们的以往。

1991年，我准备去北欧举办我的个人画展，曹先生得知我的行程后，很为我兴奋，并告诉我北欧某国有他的朋友，他愿把朋友介绍给我，但一时手中没有地址，他说待抄确切后，再寄我。分别时，他又嘱我帮他一件事：几位画界朋友要去河北山区旅游，希望我为他介绍一些关系，提供一些方便。我也当即答应，并说和山区联系后再写信告诉他。谁知我从北京回来后，即忙于出国前的准备，这期间又去深圳做画册，曹先生的事竟忘得一干二净，而此间曹先生也不曾有信给我，直到我已在北欧时，才意识到这是我们共同的失信。

三年后，我在北京中国美术馆举办我的画展，发请柬时还是首先想到了曹先生。开幕那天，曹先生也应邀赶来，我们在美术馆走廊相见，谁都未提及各自失信的事，哪知"祸不单行"：开幕前，因未接曹先生确实到会的消息，他的名字没有作为贵宾列入名单。我赶忙将曹先生光临的消息再告知开幕式主持人。谁知待仪式开始时，在主持人宣布的贵宾名单里，还是没有听见曹先生的名字。当时站在"台"上的我，看着近在几米之外的曹先生，觉得我们的距离不住地在加长。这或许已成为我们之间再不可挽回的遗憾了。

然而我庆幸我有过和曹先生的交往，不然每次去杭州为什么我就会想到"不见居人只见城"的诗句呢。每年当我按照曹先生的习惯把"一杯春天"摆在自己眼前时，就会觉出春天和人生原来是这样美好。

1993年初稿

2012年改毕

与伊蕾的交往

　　我与伊蕾的交往不是因了她的诗。我深知她曾是中国诗坛一位感情蓬勃，最坦率、最孤寂、最"不管不顾"的当代诗人。在一个时期，她像一位头戴光环的女神被众多粉丝拥戴着，但诗和我总是有距离的，虽然有时我也弄些文字。我与伊蕾的交往是因了"画"，是绘画。更确切说，是苏联时期和俄罗斯的画家和油画。她是一位对俄罗斯艺术如痴如醉的鉴赏家和收藏家。我与伊蕾的交往是因了她的为人，因了她对友人坦诚、热情，甘心给予你帮助，哪怕牺牲自己一点什么。比如最宝贵的时间和私人空间。

　　我认识伊蕾始于八十年代初。当时省里开文代会，她大约是最年轻的代表之一，可见那时她在诗坛已有些名气了。但她仍是一副学生模样，穿一件系腰带的紧身上衣，两条松散的辫子搭在胸前，额头上任意散乱着刘海，与当时的与会代表穿着的保守很是有别。有人告诉我她叫孙桂贞，年轻诗人。

但我们并没有过多的语言交流，只有过几次小会时的相见。不久我便看到了她的诗集，但那些处处充盈着骚动和情致不安的诗句，我仍然没有深读下去，这时她叫伊蕾。之后伊蕾在文坛消失很久，听说她去了俄罗斯，在俄罗斯做着她喜欢的事业吧。后来我才得知她已是一位俄罗斯艺术家和俄罗斯艺术的探访者和收藏者。

过了几年吧，有位操着天津口音的女士突然打电话给我，口气宛若老朋友，说："铁老师还记得我吧，来趟天津吧，看看我的美术馆，在河西区，叫喀秋莎美术馆。有特卡乔夫和法明的画。"我问："您是……"对方答："我是伊蕾，孙桂贞，忘记了吧。十几年前咱们就见过。"

啊，伊蕾，孙桂贞，一个几乎忘却了的名字，还有俄罗斯艺术和喀秋莎美术馆。要说这个邀请是突然的，然而又是必然的。我记起了那位梳辫子的诗人姑娘，她在俄罗斯的事业在国内又不胫而走，很使人存有好奇。我去了天津，去了伊蕾的喀秋莎美术馆。当然此时的她已不再是当年那位梳辫子的女孩，已是一位干练、对艺术和艺术品运作的行家了。她的美术馆并不大，是由一座旧公寓改造而成，但收藏档次不低。她热衷于特卡乔夫兄弟、法明和日林斯基，尤其对特卡乔夫兄弟的作品充满着无限的敬意。在这两位兄弟的作品中，除几幅有代表性的作品外，连哥俩上学时的习作都收了过来，算是她的镇馆之宝了。

这次和伊蕾的会面也借助了我早些年对特卡乔夫的关注，借助了她对特卡乔夫的热情，才使得我和伊蕾真正有了交往，而她对苏联艺术的痴情和真诚也给我留下了极深的印象。

后来，我又两次去天津到她的美术馆，并约了张德育等几位画家在那里相聚认识。她还为我从别人手中淘来了一幅特卡乔夫的作品，这也成了我对这位画家作品的唯一收藏，至今它还悬挂在我家中。每每看到它，想到的先是伊蕾的热心。

在后来我和伊蕾的交往中，当然还是以俄罗斯和苏联艺术为中心话题，并相约一起赴俄罗斯去拜访这两位年事已高的画家兄弟。后来我几赴俄罗斯都阴差阳错没有和伊蕾一起成行，也成了最大的遗憾。再后来，她放弃她的喀秋莎美术馆，搬到北京。2012年我们在她的新居 —— 北京宋庄见面，那时她刚从南太平洋（大溪地岛）归来，但世界的新奇并没有使她对俄罗斯艺术冷却下来，那些藏品仍然悬在房中。那天她为我准备了一顿丰盛的午餐，自制烤鸡，捧着精美的餐具、诱人的美食，在她的藏品前穿来穿去。席间，还为我再赴俄罗斯的路线和计划做着规划，把她在俄罗斯的熟人和关系都搬了出来，并为我介绍了俄罗斯美协主席萨罗明和其他几位重量级画家，分别时还对我说："来宋庄吧，咱们做邻居，你看我的院子有多大，足够你再盖一个大画室。"她是有一所大房子和一个大院子。

谁知，这是我和伊蕾的最后一面，当然在之后的几年中，电话是不断的，除了一般的问候，有几次相约一起旅行，但都阴差阳错错过了机会。

谁知2018年的7月14日，突然传来噩耗，说伊蕾走了，走在一个有冰雪的国度。我不知怎么平复自己的情绪，连忙从书架上抽出一本伊蕾的诗集，胡乱翻阅起来，其中有这样的诗句：

......

我若闺守在山崖

就永远是冰是雪

我今要一泻而下

去寻找我所爱的一切

伊蕾走了，也许像冰雪一样融化了，但她留给人间和朋友的是爱。

发于2018年7月《文艺报》

我读白寿章

开始，白寿章的名字是从我大哥那里知道的。我大哥早年就读于著名的邢台四师。那时他活跃于学校的文艺社团，编演话剧、学习书画，加之他早已是地下党的身份，在学校名声"显赫"。后来终因闹学潮驱赶一位大搞蒋介石"新生活运动"的校长而犯案，被迫逃离学校，在冀南搞起农民运动。"七七事变"后他投笔从戎成为一位职业革命家，曾在山西、四川、中央任职，而后在浙江做领导工作，闲暇时仍喜欢弄弄笔墨，交友于文人。我学习艺术后，谈论艺术常成为我们兄弟的话题。

一次在浙江的莫干山，面对扑面而来的云海他突然问我："白寿章呢，了解不？"那是"文革"后期，他已从"牛棚"被解放出来，才有此闲心打听白寿章了，像他这种好舞文弄墨、历史上又闹学潮闹农运的人，"文革"中更要吃些苦头的。我却不知白寿章是谁。后来他告诉我白寿章也曾在邢台四师，那时他已觉出白的书画才能了。

我回到河北，在画界开始打听白寿章。一次和当时的省美协主席田辛甫坐在一起开会，我向田问白，田老操着浓重的乡音说："那是俺老师。"原来这样。

有了我大哥的推介，有了田辛甫老师的身份，才引起我对白先生艺术了解的欲望。之后，又在友人家中第一次看到白先生的一张画作和一幅书法。

我们看画，大都有个习惯，常把眼前的画和另几位画家的作品在内心暗暗作比较，尤其对那些题材、章法、笔墨相近的画家。我把白寿章先生的画、字和几位当代画家比较起来，我断定他应该在这几位画家之上，虽然他们的名声远远在白先生之上。但名声是名声，造诣是造诣。后来又断断续续看到白先生几幅字和画，就更坚定了我的信念。

大约就在这个时期，有位画坛朋友要到省美术出版社就任总编辑，并告诉我要优先出版河北画家的专集，我极力向他推荐了白寿章。后来，这专集竟然出版了，那是一本不到三十个页码容量的小册子。现在看来它比起目前诸画家那一本本装帧华丽、重量压手的大部头专集，实在寒酸，但那是真实的画呀。

对白先生艺术的评价和定位，我有个执拗的观点：他作为河北画坛百年来的第一人，我是坚信的。这是由白先生在艺术上的"安生"、毫无表演意识的态势和质朴而悠远的文化气质所决定的。离开这些谈艺术，艺术就会变得鱼龙混杂。笔墨那玩意儿便成了纯物质的雕虫小技。

2009 年

发于2010年《燕赵都市报》

巧遇鲁若迪基

　　第一次到云南，按着友人的指点，先到版纳，后去丽江。原来丽江和版纳的风貌差别是如此之大，这包括了民族习俗，也包括了地貌和温差。在七月版纳炙热的气候里刚享受过基诺族在高脚楼中的款待，又来到气候宜人，甚至还有几分凉意的丽江。

　　出机场后，接待我们的是一位有着高大身躯、面目黝黑、五官明晰、眼睛炯炯有神的汉子。凭感觉我猜他是一位少数民族朋友。果然他有着一个奇特的名字：鲁若迪基。我和我的同伴坐在鲁若迪基的车上向预订的饭店行进。窗外是白云缠绕的山峦和开阔明丽的低地。一路上鲁若迪基话语不多，对丽江的美丽山水也未做过多介绍，他心中总像还有另外一个世界。车行"半天"，鲁若迪基才"不显山水"地告诉我他是一个普米族人，也可以叫他鲁若，他写诗，现在在丽江文联工作，并说他曾在中国作家协会直属的"鲁院"（鲁迅文学院）学习过。诗、作协、鲁院这也才引出我们对话的兴趣，也才成了我和鲁若真正对话的开端。谈到鲁院，他显得格外激动，话语中充满着对那个地方的敬意，他说在那里读了许多名著，认识了许多作家，还听过一些名家讲课，他的诗集也曾进入"鲁奖"（鲁迅文学奖）那个文学圈最具权威的层次。他一往情深地告诉我，那年有五部诗集获奖，而他的诗集只因一票之差排在了第六。谈到此，鲁若的表情明显地带出几分遗憾。

我说，我是一位画家，对评奖的事也不陌生，任何一个评奖过程都有阴差阳错，至今人类还没有发明一种能衡量文学和艺术的衡器和量具。我说，有谁能评判出第五和第六的差别在哪里，作家、艺术家终生都会遇到这难以公断的事。鲁若笑着，脸上又显得无比地轻松，话也多起来，为我讲起普米族的故事，每个故事都带着对普米人以及普米人所处山水的深情，每个故事里都有对祖辈的无比敬重。至此，我已经猜出鲁若迪基 —— 一位不折不扣的诗人，显然是普米族所处那块天地的灵性也附在了鲁若的灵魂中。宗教里不是有圣灵附体之说嘛。而养育他的父辈也给了他智慧，给了他真实的感悟和情操，他有根，他不是无源无根的漂流汉子。很快我的猜测就得到了证实。

到达酒店已是下午，鲁若还是没有过多的热情表达，只告诉我晚上他不准备请哪位领导出面为我搞什么接待宴会了，他只约了几位朋友为我"接风"。还坦诚地告诉我，吃饭并不重要，重要的是和几位朋友的认识。对此，鲁若的谈吐是神秘的、自得的。

晚上我如约在一个极普通的饭店和鲁若的朋友们见面，几位朋友都是普米人，和鲁若迪基一样浑身都带着普米人特有的淳朴和坦然。大家围着一个不大的圆桌而坐，每人面前都有一组用塑料膜包着的简单餐具，谁也没有过多的寒暄，我入座后大家就用筷子把塑料膜"嘭嘭"捅开，算是正式开宴。桌上是一只沸腾着的大铜锅，锅周围是一盘盘"山"样的新鲜菌类，满地瓜子皮证明着他们早已在这里等待着我这位尊贵的客人了。我的尊贵显然不只是体现在那一个大铜锅和那一盘盘新鲜菌类，他们还为我准备了珍藏了十年以上的老白酒。这可以证实我们见面的气氛吧。几位朋友出于对我的敬意自己先一杯杯地满着酒。酒过三巡，鲁若才神秘地把几位朋友向我做了真实而详细的介绍，至此鲁若对这场饭局的精心策划和安排的神秘也才显现出来。

他要向我证实这几位朋友可不是一般人，他们虽不写诗，但他们唱歌，几位歌手还大方地、幽默地冠有属于自己的"封号"。鲁若问我，知道有位叫容中尔甲的藏族歌手吗？我说知道。他好像还在《星光大道》上得过年冠军。鲁若说下面我将为你隆重推出的是容中尔乙、容中尔丙、容中尔丁。于是，尔乙、尔丙、尔丁站起来向我笑着致意，那笑可不是一般的笑，包含着他们对各自封号的认同感，好像在说我们虽然不是尔甲，但我们就是仅次于尔甲的尔乙、尔丙、尔丁，这不用怀疑。

既是尔乙、尔丙、尔丁到场当然是要唱歌的，珍藏十年的老白酒下肚，也当是唱歌的好时候了。首先登场亮相的当然是尔乙，他唱了茶马古道上赶马人的情歌：赶马人走着崎岖的山路，想着情人对他的"勾魂"，忘掉了走路的艰辛。尔乙表情老到，声音坚实洪亮，俨然一副专业歌者的架势。我受着歌声的感动，想着他若站在《星光大道》上，主持人会不会给他个年冠军。周冠军、月冠军就太亏了。

接着唱歌的是尔丙、尔丁，他们唱歌的架势虽然没有尔乙那么专业，但声音各有千秋，歌声里尽是普米人的新老故事。我听着歌，想着他们的排名次序也许并不准确。

随着歌声，鲁若显然不住地在观察我，他看我一面真心领略歌声，一面为他们拍手称赞，有时我还情不自禁地"随声附和"，他放心了。现在该他了：他要向我朗诵他的诗。先是他的名篇《小凉山很小》，接下来是《一九五八年》。

诗对于人的感动是奇妙的，有时你觉得这首诗好，就是"诗好"而已，你仍然是个旁观者，但对鲁若的诗，我是从内心受着感动的，我像是个"参与者"，你不能不跟随他在小凉山里行走、思索。在那首《小凉山很小》里，他道出了一个普米人对小凉山的真爱，当这爱变成诗时，他不是把一座山无限地夸大（这是诗人的通病），而是把它无限地"缩小"。缩成拇指、缩成针眼、缩成一缕歌声……他觉得小凉山小了，他的歌声才能轻而易举地越过山梁，答应他母亲的呼唤，一个小凉山的孩子随时都可以回家了，哪怕是他的声音。而他的那首《一九五八年》，更是一首幽默、辛辣、冷峻、顽皮的小诗：

一九五八年

一个美丽的少女

躺在我父亲身边

然而，这个健壮如牛的男人

却因饥饿

无力看她一眼……

多年后

他对伙伴讲起这件事

还耿耿于怀

说那真是个狗日的年代

不用计划生育

　　我不知道除了诗以外，人还有什么办法用几行文字就能描写出一个时代，而对那个时代的描写又是如此传神。然而更有意思的是，这首诗还引出了一个更具幽默的反义故事：当有人把这诗念给鲁若的父亲 —— 一个赶马人听时，老人却说："这个杂种，他怎么能这样写他父亲，他哪里知道他父亲从来没有放过他身边的任何一个女人。"

　　你可以理解老人的回答是对儿子的斥责，也可以理解为是那个年月的真实写照，老人只不过不和"它"一般见识罢了，这也是一个普米人的大度之处吧。本来1958年那个歉年，饥饿使人连欲望也失去了（1958年我也看见过汉族山民整日闭眼饿卧于村头的惨状）。老人却说他没有放过任何一个女人。这位老人太可爱了。

歌声和诗伴着餐桌上的铜锅和鲜菌持续到深夜。没有不散的宴席，宴席散了我也才真正认识了鲁若迪基和他的朋友吧。啊，普米人，原来这样。他们不是像山样高大的汉子，但他们心中有各自的山，山就是屹立在他们心中的民族意识吧。也难怪鲁若对他面前的小凉山写了又写，但作为诗人，他情感之大，早已高过了他面前的小凉山。至此，我想起俄国诗人普希金的一首叫作《纪念碑》的诗：

> 我为自己建立了一座
>
> 非人工的纪念碑
>
> 在人们走向那儿的路径上
>
> 青草不再生长……

我没有理由拿鲁若和普希金相比，要比也可以，普希金的豪言壮语是傲慢的，而鲁若不必用人工为自己建造纪念碑，他心中有小凉山就够了。后来我又读了鲁若的一些诗，小凉山和鲁若无论如何是分不开的，他们的形象你能说不是纪念碑？普希金说在人们走向那儿的路径上青草不再生长。鲁若说：草原上的草／疯长着／风吹来／也不肯低下头去。那就是鲁若迪基走过的路，也是寻找鲁若迪基和寻找小凉山的人走过的路。草，不是不再生长，草，在"疯长"。

2014 年 7 月

我与李明久

铁扬与李明久（摄影）

　　我常作这种思考，画家之间的交往怎样才是深层次的，有知心意味的，没有表演色彩的？

　　天长日久，我终于悟出道理，那是彼此之间不谈彼此的艺术了。这是一个"辩证"。

我和明久就很少谈论彼此的艺术，我们只有"茶余饭后"。

"茶余饭后"这是明久在一次关于我作品的研讨会上说的。他说：在河北，画家之间有茶余饭后的大概只有我和铁扬了。当时我很为明久的话所震惊，至今我仍为这句话感动不已。在那次关于我的艺术研讨会上，许多中国顶级评论家、艺术家对我的艺术说了那么多好话，过后想想，"落"住的并不多，但这句茶余饭后"落"住了。

茶余饭后的交往有古朴的真切，有平起平坐的自由态势和可天南地北的不加修饰的语言交流，这和"君子之交淡如水"有同样的意味。

"君子之交淡如水"这是另一位艺术家周思聪先生说的，其实我和周思聪只见过两次面，平时只有少量的书信交往。1994年我请她去看我在中国美术馆的画展，她已病重不得行动，她用变了形的手握住我的手，连连说了几声遗憾，她说的是不能去看我的画展了。后来她只派了卢沉先生前往。君子之交淡如水这句清淡而明丽的话，大概就是简朴文人交往的准则吧，它和茶余饭后遥相呼应。

大约是1982年我乘火车去北京，坐的是一辆慢悠悠的快车，在车上巧遇明久，明久正站在门口抽烟。当时他正任师大美术系主任，我则是刚进画院的画家，我们是从未有过交往的。几句简单寒暄后，明久便直截了当地对我说："铁扬，来师大给我们上上课吧。"大概我是答应了的，但我没有去。现在我要说的是，明久那看似随意的邀请。他没有用夸赞我的艺术作为邀请的前提，也没有附加任何客套，有的只是真切的、"淡如水"的邀请。我从这淡如水的邀请中感到这邀请是真实的，显然他对我早已有所观察。

之后，我和明久常在为一些画展做评委时见面，明久总是匆匆而来匆匆而去，他发言大多三言两语，似有更重要的事使他分心。我对他做着判断：他一定正在思考他该思考的吧。这比摆在他眼前的事更重要，那一定是他的艺术。

一晃二三十年过去了，我和明久见面仍属有限，但每次相见越来越自然，越来越"茶余饭后"。有了一次次的茶余饭后，我才大言不惭地说，我认识明久了：他是一位画家，是河北省"落"住的一位画家。我对他那些思考和判断也得到了证实。我猜，让明久说说铁扬，他一定也会说，铁扬是一位画家，仅此而已。于是我们才可以不必面对我们的艺术或高谈阔论或评头论足了，于是两位年事已高的画家，自己开着自家的车，从事着净是纯属画家自己的事。

在一次"茶余"（或饭后）时，明久对我说："铁扬，咱俩搞个小活动吧，搞个小画展……"我觉得这实在是我们俩应该成全的一件事。这也是一次茶余饭后，这才是一次为彼此艺术的对话，这对话却在不言中。我们正在为这个小活动安安生生地做着该做的准备，这次的小活动一定会明净如水。

2012 年 7 月

百年田辛甫

　　我从河北美术馆的一则展出广告上得知，今年已是田辛甫①的百年诞辰了，并得知美术馆正在举行他的百年诞辰纪念展。于是我怀着崇敬的心情走进来，来瞻仰田老的遗作。这是开展的第二天，在挂满三个展厅的作品前，不知为什么观众却不多，也没有留下开幕时那些花团锦簇的热闹痕迹，也没有相关领导出席过开幕式的舆论证明。以往这里凡有展览，作者不论老少都要留下些热闹的。后来听馆内同仁说，这本是一次"私家"的活动，难怪连我们这些田老的"战友"也没有得到任何讯息。虽然如此，展厅内的作品还是证明着田老确实是河北省一位有代表性的画家。

---

① 田辛甫（1911—1985），河北大名人。国画家，美术活动家。

尽管展览布置得并不专业，看来也没有经过认真策划和对作品的调理"打扮"。

我说田老是河北省一位有代表性的画家，是指在他所处的时代里，他以自己所掌握的国画形式，着实为那个时代助威呐喊过。对于国家每个有关政策的实施，一些口号的发布，田老都力图用艺术形式来表达歌颂，对此他不存任何怀疑和动摇。田老在作品上的题字就是证明："大地回春""农田颂""丰收图""春满园""织春图""家家尽在图画中"等，还有更直白的对人民公社的歌颂。田老最具功力、尺码最大的一幅画便是《建明公社》。

田老擅长的虽然是藤萝、葫芦、芦雁等题材，他也执意要把这些国画家惯画的小品内容，赋予其思想内涵。那时画家作画要讲思想性的。许多老画家都是面对这个"思想性"而束手无策，寂寞终生的。这使我想起和田老同一时代的同乡画家白寿章先生（也有白是田的老师之说）。白先生就是不擅长把自己的作品纳入一定的思想范畴，因此显得与时代格格不入。时代却热情地接待了田老。新中国成立不久，田老就担任了我省美术界的领导，成了我省美术界的标志性画家，而白先生却自甘寂寞得连家门都难以走出。

我1960年学画毕业后，曾携我的一批小风景写生去天津"投路"（当时省会在天津），极希望在《河北美术》刊登一张半张。那时除了全国有本《美术》外，国内只河北一家有本具专业性的《河北美术》，田老正担任杂志的主编。我在编辑部请编辑看画，他们说了那些习作的不少好话，并有选几张上杂志的意向。但后来一位编辑私下告诉我，作品送田老审阅时，田老却不同意，因为画里没有人，没有人也是缺乏思想性吧。

我没有责怪田老，他是刊物的把关者，他为党的文艺政策把关，他为社会主义把关，这就无可非议了。后来我发现在田老的山水画里大都要安排些人的，有时在一两尺见方的村景里，竟然巧妙地安排下几百个人，人人脸上都充满笑容，因为他画的是"家家都在图画中"，是庆祝人民公社成立吧。后来，我也画人，画"毛主席是咱社里人"；画白求恩在河北行医……田老下来指导工作，看了我的画说，好，挺好。田老"承认"了我，但我画人仍然三心二意，再见田老时就有几分忐忑。我说田老是我省一位有代表性的画家，他不仅为社会主义把过关，而且终生也在磨砺着自己的笔墨和章法，在简单的藤萝花、葫芦蔓、瓜棚、苇穗中去研究、去寻找，以期通过它们画出生活情趣，画出新意。他是一位朴素的实践者，是位具备手艺人特征的劳动者，不似有些颇具资格的画家，一旦进入领导岗位便不再从事这种手艺人式的劳动了，他们的任务是作报告、发指示。田老却始终如一保持了一个劳动者的特征，他通过实践告诉你，画家放弃劳动就不再是画家。他还告诉你，画家不要企图什么都会画，你终生所涉范围实在有限，这也就为一些故作深沉、自己都不知所云的画家提个醒：艺术就是要人看得懂的，艺术离人越近越好。这便是田老作画时的艺术主张。这也是他作为我省美术界带头人为大家做出的榜样，人们尊敬他也在于此吧。

但身处田老的纪念展中，又不时觉出有点滴遗憾。也许因为田老看重思想性，使他忽视了艺术的自身规律，这就不似他的老师白寿章先生，白寿章极懂艺术规律和艺术的社会效应。白先生也画葫芦、藤萝、八哥、小鸟，可他在画中题款时只题上某某同志留念了之，可见他画画只为给人带来快乐，滋润人的生活。因此田老和白先生比较，有时就显得顾此失彼了，夸大了艺术的功能，硬让艺术背上沉重的包袱。本来是几棵高粱也要标上"农田颂"，其实农田里长出高粱，不论农田和高粱实在没有什么可歌颂的；本来是一幅风景画也要标上这是某某公社，殊不知公社是一个社会的、政治的实体，它不能完全代表祖国的大好河山。这时我想到齐白石，他画棵白菜题上：人云虎为兽中之王，凤为鸟中之王，独不论白菜为菜中之王，何也。他以此通过白菜给人以欢乐。如果齐老先生题上"公社的大白菜"，那就不是齐白石了。背上包袱后的田老，甚至连书法之重要也不顾了，这使得他的作品总有几分说不清的"寡淡"，也缺乏了国画的文化底蕴。白寿章的画之所以不寡不淡，且具文化底蕴，显然和他的书法功底有关，白寿章还是一位优秀的书法家。我常为田老不写字而暗自惋惜。

身处田老的纪念展中，还觉出田老的百年诞辰从形式上应该再热闹些才是。前不久北京刚开过大会，专门作为议题提出文化于国于民之重要，国家要有文化品牌。田老作为我省有影响的画家和美术活动家，在这大好的形势下过百岁诞辰，本应该有组织有领导地搞点像模像样的纪念活动才是，也把我们这些田老的战友、同行，乃至年轻的晚辈都召集起来，面对田老这批不可再现的财富，展开些讨论，然后集言论成书是不算过分的。也是告慰田老的一种方式吧。大文化就是要有自己民族的独有的文化形式、文化品牌，国家要有，省里也要有。难道一架藤萝一棵葫芦就不能成为一个省的品牌？问题是在田老的实践基础上，后人能否借此再赋予它们一种全新的概念和经得起推敲的文化特征。这也是我们借纪念田辛甫百年诞辰更应该思考的。

2011年岁末

发于《当代人》2012年第3期

那时我在"中戏"

那时我在"中戏"

一、闹中取静的母校

"中戏"是中央戏剧学院的简称。

中戏是近些年与时俱进诞生出的一个颇具时代感且轻盈的称谓。

我在中戏时没有这个称呼，只一字不落地说：中央戏剧学院或省去中央，说戏剧学院。

那时的中戏尚年轻，几年前毛泽东刚为它题写过院名。它被昵称为新中国的戏剧最高学府。

这个戏剧最高学府至今仍坐落在那个老位置，北京东棉花胡同（当时只称棉花胡同）。它东临安定门大街，也毗连交道口和宽街，西面就是著名的南锣鼓巷。那时的安定门大街尚是一条低洼的老街，路边没有人行道，人行道的位置是一带土坡，土坡以上常有剃头的手艺人和他的挑子。黄昏后总有个卖馄饨的老者，点起电石灯把馄饨现包现卖。

拐过去的铁狮子胡同西口路北有一间临街的小平房，住着的弟兄三人也开着一个馄饨铺，传说仨人都是宫里的太监，他们只在晚上开门卖馄饨和排叉，还有不肥不瘦的白切肉。房内前半部有锅灶及两张饭桌，后半部是盘炕，炕上有哥仨简单的铺盖还有一只白猫。白猫安生地观察着来就餐的客人，不声不响。高年级时我们常到这里吃馄饨，它比街上的馄饨地道，或许是哥仨在宫里见过世面的缘故。一碗馄饨、一小盘白切肉、两个排叉，差不多两三毛钱。

那时的北京春天多风，遇风天这里便是黄土蔽日。当时我们班上有位山东籍的张姓同学好作"诗"，他写过一首名曰《北京的春天》的诗，并操着地道的山东口音为我们朗诵，诗曰：东风西刮黄土天，对对喜鹊翅难展。路上行人贴墙走，弯背驼腰土黄脸。

当时的北京街上汽车稀少。这条街上只有一辆从城北的六铺炕到天坛竖贯全城的大鼻子老式公共汽车，此外很少有汽车经过。班上有个蒙古族叫纳木吉勒的同学酷爱汽车，我受他的引导也常到交道口一带去等待"研究汽车"，半天也许会过来一辆豆沙色的小轿车，纳木吉勒说："看，帕别达。"帕别达是苏联车，是俄文的"胜利"。一阵安静过后，或许还会过来一辆类似的小车，我说："帕别达。"纳木吉勒说："错了，这是华沙20，波兰车。"他还会告诉我，这是帕别达的翻版，波兰生产的。

学院西边毗邻的南锣鼓巷是一条典型的老北京小街，胡同口把角有个豆浆铺，早晨卖豆浆油条，白天卖豆芽烩饼。斜对面是家国营副食店，卖油盐酱醋、卫生纸和香烟，还有简单的点心。当时的我们早晨赶不上吃饭又急着上课时就到副食店去花六分钱买一块自来红月饼，边跑边吃去课堂。后来"大跃进"了，香烟、点心都要小票，发到学生手里的小票有限，也就不再有此举动。

顺南锣鼓巷再往北走有家夫妻开的小理发店，夫妻都是把式，丈夫憨实少言语，妻子头发乌黑脸盘俊俏却是个年轻的小脚女人，使人想到这是北京最后一批缠脚族了。她常操着一口地道的北京话，与你边理发边聊天。中戏的男生大多找她理发，只见她一拃长的小脚在撒满碎头发的地上捯着，问你是哪个系的学生，然后冷不丁地就会说："表演系的金乃千刚理完。雷恪生比他低一届。等着吧，日后表演系有的是名人。"金乃千和我同届，是表演系的高才生，我的毕业设计是苏联名剧《克里姆林宫的钟声》，金乃千饰演剧中一号人物扎别林。粉碎"四人帮"后他在话剧《杨开慧》中演年轻的毛泽东（演杨开慧的是赵奎娥）。雷恪生至今仍活跃于舞台和影视界，已是演艺界大腕儿，1989年春晚演一个《懒汉相亲》的小品，给人印象极深。这位缠脚族女士的预测应了验。

南锣鼓巷北口有家小酒馆卖散装白酒，临街的窗台突出一个玻璃框，里面常摆几条干炸黄鱼，黄鱼身上被"片"开几刀，鱼肉被炸得翻卷起来。屋内有几个盖着石板的大缸，客人就以此为桌对坐下来悠闲地喝酒聊天。他们声调悠扬，内容散漫，或讲说着西太后派人从故宫后门骑马出来，到后门桥合义斋买灌肠的事，或讲说着北京姓氏的纷杂。一酒客问："您姓什么?"另一位答："我姓的那个姓可稀罕，雍和宫的雍下面加个瓦字，念甕，北京人叫大缸……"我最爱听北京人闲聊，像听评书。每次从此路过，都要站下听听。

出南锣鼓巷北口是鼓楼东大街，斜对面有条胡同叫小经厂，那里有中戏的"实验剧场"，我们是和剧场有缘的，常穿越这条南锣鼓巷小街到实验剧场去，或实习或观摩。讲舞台技术的老师把我们领进剧场站在台口上讲：这里是主台，这里是附台，这里是台唇。从台唇到天幕不应少于十五米……后来我们就把自己的设计变成现实，在这个舞台上做文章。

闹中取静的中戏，院址狭窄，却是块"宝地"。当时因了它的院址狭窄，曾有搬出京城建新院的呼声。但却被苏联专家制止。专家认为：这里极适合做艺术教育，因为它贴近生活。当时祖国建设是尊重苏联专家意见的。再说他们的主张不无道理。后来走出院门从艺的学子们，都体会到身居棉花胡同使自己受益匪浅。

二、院长们

1955年我考入中戏舞台美术系，五年中我在中戏经风雨见世面。

那时的中戏院内只有三座日式两层灰楼，一座为学生宿舍，另两座为各系的教室，而院内尚存一"全"有着紫藤架的庭院，它是院部办公处。操场大概两个篮球场大，操场北侧有个餐厅兼排练场的地方供师生们就餐排练，厅内还有个高出地面的"舞台"。每逢开饭时，有位姓陈的学生会主席一手端碗跃上一条板凳发表通知，他告诉大家今天晚上要去天桥剧场看歌剧《茶花女》，六点半在操场集合。六点半了，大家准时在操场篮球架下集合，然后登上一辆卡车去天桥看演出，路上不堵车也少红绿灯，北京的夜风吹着我们的脸颊直达天桥剧场。也许他会喊：今天晚上到交道口电影院看苏联电影《夏伯阳》。我们就会排队穿过棉花胡同到交道口电影院看电影。

那时的中戏屋宇简朴，但学者和专家众多，集中着国内戏剧界、美术界许多精英，或任领导或亲临授课，我所谓的见世面就源于此吧。这对一个从河北乡村进京的青年，无疑就像进入一个天赐福地，一切都出乎你的所料。昨天你刚从报纸的铅字里得知欧阳予倩的名字，今天欧阳予倩真人就出现在你的面前。那时院内好像只有一两辆"帕别达"小轿车，作为院长的欧阳予倩从车上走下来，不进他的藤萝架下的办公室，径直向那个餐厅兼排练场的地方走去，他是来参加学校一个报告会的。那时学校的报告会很多，报告大多由学校党委部门来作，比如书记兼副院长李伯钊，但院长要参加，以示对报告或报告人的重视吧。欧阳院长来了，挂一根弯柄的木质手杖，步履有些蹒跚，大家都知道已是六十余岁的老院长正在患着膝关节病，目前正用一种蜂毒疗法做治疗。欧阳院长走上那个不高的舞台，坐下来，报告才正式开始。内容或者是关于"红专大辩论"的，或者是关于文艺界一个突发事件的，比如人所共知的"丁陈事件"①。报告结束后老院长总要讲话，听欧阳院长讲话是大家的期待，他是中国话剧运动开创人之一，又是京剧名伶，二十世纪初就有"南欧北梅"之说，所以在学生心目中，欧阳院长应该是位圣贤级的人物，听圣贤级人物讲话应该是千载难逢的享受吧。我们希望他讲讲他的"春柳社"②，讲讲他和李叔同在日本合演《黑奴吁天录》的故事，但欧阳院长从来不提当年之"勇"。我猜这或许有两个原因，一是和时局格格不入，哪有把一个红专辩论会引向什么春柳社的道理，再则中戏当前的教学是以苏联的演剧体系为模板的，老院长更需要审时度势。而且他的讲话自有话题，他会另辟蹊径讲"十年树木百年树人"的道理，

---

① 1955 年丁玲和陈企霞的政治事件以及由此演变成的文艺整风运动。
② 1906 年由李叔同、欧阳予倩等留日学子组成的戏剧团体。

他一遍遍地告知我们这个在他看来的真理，尽管和刚才的报告内容存在着明显的不协调，但老院长还是不管不顾地面对我们这一群青年人发表着自己的心声，这倒使得我们对他有些担心了，那时有很多名人一个出言不逊就可能酿成一个事件。但不知为什么欧阳院长还是稳稳当当地乘坐着他的"帕别达"述说着他那句"十年树木百年树人"的老话，大有一副不谙世事之态。他并没有因此卷入什么事件，甚至就在后来不久的日子，报端还显示了欧阳予倩入党的喜讯，和他的名字并列在一起的好像还有曹禺和梅兰芳。这时你才觉得欧阳院长那个十年树木百年树人的道理也终于在他身上显现。当时党对他的接纳就是他以自己德艺双馨的人格获得的。在艺术界他就是一棵大树。在当时如火如荼的阶级斗争中，他奇迹般地树起了自己的人格，之后他还以个人的人生经验再次告诫着大家这个十年树木百年树人的道理。

曹禺先生是中戏的副院长，也常出席在这样那样的报告会上，会上也常作即兴发言。他的发言不同于欧阳院长，要稳妥鲜明得多，他在入党之后，每次都不忘记申明说："我是一名预备党员。"在错综的政治形势面前显出应有的机智和必要的立场选择，不时强调着知识分子学习和改造的重要。曹禺先生这些激情的发言便常激发着我们的政治热情，当时有句名言："榜样的力量是无穷的。"

作为党委书记和副院长的李伯钊常常是报告会的主讲人，她莅临会场使我们充满敬仰之情。学生们都了解李院长在中国革命文艺中的地位。远在国内革命战争的苏维埃政权时期，她就在领导着革命文艺了。而后从延安到新中国成立，她都以领导者的身份站在文艺战线最前沿。也许因了欧阳予倩和李伯钊这样不同文艺经历的文艺泰斗执掌，中戏这个戏剧最高学府的称谓才显得名副其实了。

李院长是以主人翁的态度面对台下听众的，她对时下的方针政策解读是坚定的不由分说的。她以坚定的意志和一位女强人的气度显示着她就是中戏的掌舵人。当然，面对这位掌舵人不是所有人都俯首听命的，也有一些不同声音与其相悖。他们以自己对形势的认知，发表着见解。这局面通常解释为"阶级斗争"，到"反右"运动之前"乱箭齐发"时这斗争才充分显示出来。后来，这斗争的起因被解释为"右派"分子向党的"猖狂进攻"。在我国的政治生活中，出现"右派"，当然是要进行反击的。

在反击"右派"的"猖狂进攻"时，李院长是不客气的，也再次显示出一位职业革命家的气度。那一年7月我所在的班级正在山东崂山写生，我们也收到了李院长亲自署名的召回电报，至今我还清楚地记得电报的内容，电文称：为打退"右派"分子的猖狂进攻，限你班于7月25日返回学校参加运动。她亲自领导着那场如火如荼的运动，连我们这个小小的班级也没有忘记。

运动结束时，在一个只有几百名师生的中戏竟有六十余人被定为"右派"，应成为中戏院史上一个难忘的纪录吧，也成为李院长在自己的革命史上一个难忘的纪录。难怪当距此十年以后"文革"开始，中戏又出现大鸣大放式的乱箭齐发局面时，李院长曾表示："反右"时我们打了六十名右派，这次大不了再打他六十名。但这次李院长错估了形势，几天后灾难降落在她自己头上，她作为文艺界"黑线人物"被关进"牛棚"。这是后话。

当时，李院长在学生们的眼中就像一座可望而不可即的大山，一块屹立着的岩石，但一旦近距离接触时，她却是一位有血有肉待人真诚的长者，她处事自有原则。

1958年"大跃进"，举国上下各行各业都有"放卫星"之说。"放卫星"也就成了在校学生争先恐后的豪迈举动。此时我和另一位同学倡议要创作一幅长征题材的油画向国庆十周年献礼。打算画两位红军女兵星夜在河边露营的情节，为了向李院长汇报，也是为了向李院长咨询一些长征中的细节，由我执笔向她写了一封信。几天后李院长便回了信，为此事她密密麻麻地竟写了三页纸，在信中她否定了我们的创作计划，理由是我们距离那时的生活太远，建议我们画现实题材，画轰轰烈烈的"大跃进"，还用很大的篇幅谈了深入生活的重要性。李院长语重心长地说服了我们，我们也才意识到了自己的不自量力之举。李院长的信，字里行间充满着对学生的爱护，信用稿纸写成，每个字都十分工整认真。

1959年，学校为向国庆十周年献礼，决定排演苏联名剧《克里姆林宫的钟声》，由我担任舞台设计，这也是我的毕业设计。演出前要做海报和节目单，班主任齐牧冬要我找李院长题写剧名。我去了，我的心突突地跳着，敲开了李院长办公室的门，她正伏案写着什么，看我进来放下手中的笔，问了我的名字和来意，我告诉了她。但我并没有向她说明我就是给她写信的学生之一。她想了想说："告诉齐牧冬，我写不好字，我得练习练习。"然后又问我，齐牧冬为什么让我找她。我对她说，我是这出戏的舞台设计。李院长以惊异的眼光看着我说："这个任务可重大。你知道我们今年的献礼剧目有哪些吗？有梅兰芳同志的《穆桂英挂帅》，芭校的《天鹅湖》，还有乐团要演贝多芬的《第九交响曲》。我们的戏是和这些大师的经典齐名的啊。你的任务可大哟，大得很哟!"李院长用浓重的四川话一再强调我的任务之大，我忘记了我说了些什么，大约告诉她我是在指导老师的帮助下工作，对于自己也是一次重要的锻炼……

两天后，李院长的秘书把题写的剧名交给了我，用毛笔写在一张中戏信笺纸上，她并没有署自己的名字。我把信纸交给齐牧冬请他过目。齐牧冬让我去找李院长署名，我又敲开了李院长的门说明来意，她说："为什么要我署名，这又不是我的剧作。"她否定了齐老师的提议，然后又问了我演出前的准备。作为学生，我将所了解的一一向李院长作了汇报。她一再说这是苏联名剧，再次用四川话强调着："你的任务大得很哟!"

后来《克里姆林宫的钟声》在民族宫礼堂演出了。李院长陪同周总理看演出，上台接见我们时，还专门对我说了两句鼓励的话。从李院长的表情看，她对演出是满意的，但很快我们又遭到了李院长的批评。事情是这样的，几天的演出已结束，演出部门负责人在兴奋之中带领全体演出人员到西单同春园饭庄吃饭祝贺，此事被李院长得知后便在一个文件上作了批示，她写下"此风不可长"五个字。可见那时，有觉悟有节约意识作风廉洁的领导就意识到"此风不可长"了。李院长是一位清廉的领导。记得她曾在学院内贴出大字报要求把自己的文艺二级待遇降为文艺三级。此举曾在文艺界作为佳话流传。

三、教授们

面对几位名教授，我们倒有眼不识泰山了。

当时任教于中戏的老师，来自两个方面。学生对他们的称谓有一个约定俗成的习惯：对于来自解放区的老师称老师，对于来自国统区的老师则称先生。于是先生和老师在学生心目中也便有了区别。老师仿佛是中戏的主人，而先生似有客人之嫌。客人，革命阵营的同路人吧，也有几分统战的意味。先生和老师的风度也有自身的区别，先生穿戴不大合乎时代，说话谨慎，对学生也多几分和气。而学生也不去追究他们的经历和艺术成就。直到我毕业后，了解了一些中国现当代艺术史发展的细枝末节时，才觉得我们无论如何是愧对这些先生的。谁能想到孙宗慰先生原来是徐悲鸿的高足，二十世纪二三十年代就是一位中国石窟艺术的研究者了，其足迹曾遍及麦积山和敦煌，或许因此在一定时期他的油画在画界并不显"热闹"。也因此孙先生教我们油画时大多时间也显出些心不在焉，他酷爱聊天，聊笔墨、聊颜料。

孙先生来了，穿一件过膝的大外套，两边配以簸箕大的口袋，头戴一顶狐狸皮的高帽，乌黑的上髭生在一副清瘦的脸上。班长喊过起立，孙先生也不向同学们问好，对我们眼前画架上的作业也并不热情。他面对窗外静默一会儿，操着一口南方口音的普通话说："谁知道中国的毛笔有几种？"我们低头作画无人回答，当然，我们的确也不大了解毛笔的事。孙先生又问："谁知道羊毫和紫毫有什么区别？"还是无人回答。"那么七紫三羊呢？"孙先生又问。当然还是无人回答。孙先生则说："当然，不知紫毫怎知七紫三羊呢。"接下来孙先生把他的问题作一番解释，他说："羊毫，顾名思义是羊的毛，羔羊的毛，山羔羊的毛。而紫毫指的是黄鼠狼的毛，有的地方叫黄鼬。黄鼠狼尾巴上的毛，尾巴尖上的毛。选紫毫要在三九天，一只黄鼠狼的尾巴上只能选七根，多了不行，只选那七根最有韧性、最有弹性的。可七紫三羊可不是指的这七根，说的是羊毫和紫毫的比例。就是七分紫毫，三分羊毫。这种笔用途最广，或绘画或书写都可以。"

这时，只见孙先生从大口袋里摸出一支香烟点着，微微咳嗽几声又说："那么单纯羊毫呢，羔羊的毛。它绵软，适合国画的渲染用。勾勒不用。而这些和你们手里的笔没关系，你们的笔是什么毫？"终于有人回答，有人说是马尾，有人说马鬃。孙先生说："都不对，是猪鬃，猪鬃为什么是白的？漂的，漂白的。纯正上好的油画笔是哪家的？是李福寿。看看你们的笔杆上有没有'李福寿'三个字。"我开始观察手中的笔杆，果真有李福寿的字样。孙先生又说："凡是没有李福寿字样的，假的，扔掉。尤其还标有哪家制笔社的，制笔要家传的手艺。合作社不行。"

孙先生是不相信合作社的，因此也出现过麻烦。那时正是人民公社的时代，人民公社也是个大合作社吧。孙先生在另一个场合也走嘴说过类似的话遭到过批判，从此他以养肺疾为名，不再出现于我们的教室。

当然，孙先生的学问不仅是毛笔的学问，教学自有路数，平时开口随意，一旦接近油画主题，平凡的道理使你终生难忘。他讲的是作画的方法和技法，不是从概念到概念的"学问"。比如他说到油画的用笔时，他主张画横着的东西要竖着用笔，画竖着的东西反而要横着用笔。他讲油画像浮雕，远处要薄近处要厚，用笔画不厚时要用画刀。这些点点滴滴的作画规则，使你觉得作画到底有了可操作性。当今的油画教学，大概没有人再讲这些有操作性的只言片语，大家都在热衷讲观念，常使得学生对艺术摸不到头脑。

李宗津是另一位被称作先生的先生，他是在中央美院定为"右派"后被调到中戏的。我们接触李宗津先生更是存有矛盾心理，知道他在新中国成立后，画出过不少经典油画，但又有风言风语说他在国统区时曾为蒋介石画过肖像。或许是李先生有此经历的原因，在课堂上说话就格外谨慎，他不聊天，不说笔墨纸砚，不说合作社的长短，只说眼前的事。眼前的事是油画，我们正在画油画头像，颜色不得要领，在画面上一片混乱。李先生教你方法，可立即生效。他告诉你，人脸上的颜色分三段：额头、面颊、下巴。三段的颜色各有倾向，额头的颜色不能画在下巴上，下巴的颜色也不能上额头，而颧骨和两腮也有自己的颜色倾向，他让你细心观察。果真，李先生的人像三段论在我们手下立即生效。又如，李先生告诉你油画的颜色不能乱调，两种以上的颜色不能调在一起。他和颜悦色地告诉你："要脏的。"说时脸上发着红润的光泽，像个可爱的胖大婶。

胖大婶似的李先生在中戏时间不长，便去了电影学院，"文革"时下放河北保定农村改造，当时我身居保定，空闲时李先生常来我家做客，原来李先生是位最爱闲聊的人。在我家一起吃着粗茶淡饭，天南海北地聊着说："我那时教你们，不敢多说话，耽误了你们的大好时光，其实画好油画不只是人脸上的三段论。"

"文革"后期，李先生回城，我去看他，他住在北大燕东园那几栋别墅内。李先生常摆出几块小点心，煮好红茶款待我，显得非常"绅士"。每次谈到在中戏教我们时，都遗憾地说："我没有教给你们什么，怕言多有失，我可不能再犯错误了。"那时正是"文革"后期，政治空气已显松动，艺术家们也有了相互走动的可能。

一次我带女儿铁凝去北京东城总布胡同看好友潘世勋，潘世勋提议要为铁凝画像，便联系了同院的侯一民和邓澍。我便也想到了李宗津，李宗津接到电话就赶了过来，地点定在侯一民家。那天潘世勋、蒋采萍夫妇，侯一民、邓澍夫妇和李宗津先生济济一堂，画着画聊着天。不知为什么那天李先生画得很不顺手，他找侯一民借一种颜料，侯一民画箱里正好没有。他又找潘世勋，潘世勋也没有。一时间李先生显得十分沮丧。这时我又想到李先生对调颜色的苛刻要求，那次在我的印象中他显得十分疲惫和不快，不久我便得知，他得了一种不治之症，直肠的手术使得他不再活跃。几个月后我去看他时，他已卧床不起，胖大婶似的面容已不再，他拉着我的手说，也许这是最后一次见面，你的艺术道路还很长，艺术不一定是非此即彼，我讲的那些只言片语也都是相对而言，不应耽误你们对艺术的认识，我不愿做误人子弟的教授。不久我便得到李宗津先生去世的消息。

周贻白先生是一位研究中国戏曲史的学者，二十世纪初就已奠定了他在戏曲史研究界的地位，据我所知，当时研究戏曲史的学者为数不多，在周先生之前大约只有王国维和日本一位叫青木正儿的汉学家。之后对戏曲史有过专著的大概只有周先生了。

他是位有着平民风度的教授，不高的个子，一张南国农民似的脸，课上课下都十分随和，课间爱和学生聊天。一天下课后他突然问我："舞美系的吧？"我说："是，舞美系三年级。"周先生说："走，跟我到家里去一趟。"于是周先生在前抽着烟，我拘谨地走在后面，来到他的住所棉花胡同22号。进门不远便是周先生的房子。这是个院子套院子的大宅院，住着中戏几十位先生和老师。周先生把我领进屋指着窗台说："看，下雨淋坏了，帮我修饰一下吧。"原来他指的是一排民间泥人雕塑，无锡的或许还有河北新城的。周先生一面说着，一面把那些被雨淋坏了的泥人收拾起来，装进一个纸匣，又不容商量地交到我手中。我接过来说："我试试吧。"周先生说："看说的，舞美系高年级，区区小事。"后来，我回到宿舍用水粉画颜料一件件为周先生修饰好，送回他家中。这次，周先生先请我坐下，又为我泡好一杯龙井茶，拉家常一样说起他的业余爱好，原来他酷爱收藏，而泥人不是他的重点，他收藏香烟画片。

香烟画片是香烟盒里和烟盒一样大小的画片，画片论套，比如梁山一百单八将，画片就要一百零八张之多；比如民间的三百六十行，就要有三百六十张；还有其他名堂的都成系列论套，比如金陵十二钗、八仙……这个看似简单朴素的收藏实际需要付出许多精力，当然还有经济上的投入。比如收藏一套梁山一百单八将要买的香烟就不止一百零八盒，其中重复的有许多。我在周先生家中放松地喝着龙井茶，周先生把他的收藏一套套地为我摆出来，脸上现出天真和欣喜。

有一种丝织的画片，卷在香烟桶内，比如一桶香烟应装五十支，它只装四十九支，余下一支的空隙，由卷起来的丝织画填充，这种收藏当是这类收藏中的珍品。周先生告诉我，解放前他的著作版税和月薪几乎都用于这个小小的收藏了，而他对此始终没有圆满，他说在他的那套丝织的梁山一百单八将里至今缺少一张晁盖。由此他又谈到这是生意人的生意经，他说这些点子都是外国人做成的，好聪明啊。后来解放了，外国人走了，他的收藏也就中断了。"就差一张晁盖。"周先生遗憾地说。

听周先生讲戏曲史，从隋唐时代的歌舞、乐优，到元曲再到清代的徽班进京。也了解到香烟盒里还有诸多故事。然而周先生在课下却很少谈到戏曲，只有一次他讲完《窦娥冤》，下课后我对他说，小时候看村中舞台上唱河北梆子《窦娥冤》，待到窦娥被问斩时，舞台上有个光膀子的男人手持一面卷着的布旗登上桌子，开始摇动手中的旗子。只见布旗慢慢展开，许多纸屑从中飘出，宛若大雪纷飞，当时是三伏的天气，我只觉得分外寒冷。周先生说："聪明，聪明，大聪明。他制造的是舞台气氛，你感到的是舞台气氛对你的感染。"

后来我毕业了，没有再见到周先生，只听说"文革"中他住"牛棚"挨批斗的事，其中有项罪名是"腐朽的封建文人"，从他的收藏中便可证明。后来他的收藏被抄走，不知落于何人之手。

四、老师们

李畅老师是中国第二代舞台美术家，确切地说应该是一位剧场专家。二十世纪五十年代初他和另一位老师齐牧冬为舞台美术著书立说，写出《剧场与舞台技术》一书。他凭着新中国成立初期随国家的一个演出团体赴东欧演出的机会，考察积累了许多现代剧场的知识。此前，我国的剧场还都属于"戏园子"：舞台突出在观众席内，观众从三面看戏；而现代舞台俗称为"镜框式"，舞台要有一定深度、高度和宽度。凡此，大约都是李畅先生第一次把现代舞台介绍到中国的。

李畅老师出身名门，是晚清时一位政要的后代，这就增加了李老师在中戏的几分神秘色彩。那时，他风华正茂，服饰整洁，留平头，骑一辆苏联产的"加瓦"大摩托，风驰电掣地出入院门。在我的记忆中，当时中戏的机动车只有大卡车一辆，"帕别达"小轿车两辆，再有大概就是李畅老师的"加瓦"了。当院内出现摩托的马达声时，就是李畅老师来上课了。只见他把摩托停在南墙根自行车棚下，点一根烟吸着，带着几分潇洒几分自信向教室走去。

在课堂李老师仍然不停地抽着香烟（恒大牌），语气随和地为我们讲述剧场知识，或许是他那种潇洒随和的风度所致，我们都喜欢听他讲剧场。剧场本是一个方匣子似的死物件，但李老师显然是要赋予它生命的。凭他对世界的认知，举出国外成功的演出为例证，说明现代剧场之于演出的重要性。他说："你们都是未来的舞台美术家，你们施展本领的阵地，是剧场，是舞台。"

但正是因了李老师言语随和、能调动起学生兴趣的特点，才使得他与那场如火如荼的"反右"运动发生了联系。他乘当时"大鸣大放"的时机，决心要为舞台美术争一争地位。此前在戏剧界确实存有"舞美"缺少重视之说。他与另一位舞台美术家组织了一次师生大会，大会会址就设在中戏办公楼四楼的小礼堂内，大多数同学和老师都参加了那次大会。但不久"反右"开始，师生大会被定名为"反党反社会主义大会"，其首恶分子便是李畅。从此，李老师被多次批斗后发配外地接受改造。中戏院内便不见了李老师和他的"加瓦"大摩托。再见到他时已是我毕业二十年后，那时他已被摘帽解放，又回到中戏，我见到他时，他正和齐牧冬老师一起设计话剧《杨开慧》，奇怪的是岁月的磨难在他脸上没有留下任何痕迹，还是二十年前一样的平头，还是那副潇洒随和的举止笑容，桌上还是那包恒大牌香烟，给人感觉他的大摩托一定还在。我问李老师还记不记得我，他抽抽烟笑笑说："铁扬，我知道你去了河北。"这时，他一面画着他的设计图，一面问我在河北的经历。我一面回答着他的问话，一面注意他手下的设计，发现他的设计显然是用了一些现代舞台的手段的。我又和他谈到他灌输给我们的那些舞台知识，他风趣地说："铁扬，别光听我的，我那点知识有限，兜里装的都是棒子面，以后要看你们的。"

不久我应调回中戏，竟和李畅老师搭起了"伙计"，我们为一家剧院绘制布景，此时已有了报酬之说，任务完成后，李老师、我，还有刘元声（之后的舞美系主任）三人共得报酬三百元。李畅老师提议先去东安市场东来顺"涮了一锅"，席间，李老师一再把他的学问形容成棒子面。这时我便想到，如此说来以李畅老师为例，在我国知识界自称为"精英"、口袋里只有棒子面的就不在少数了，可惜谁又有勇气正视自己呢。李老师别有风趣的自我描述，倒显出了"不俗"。

齐牧冬老师风度不似李畅，是一位对人对己都非常严格、行动也低调的老师。他常骑一辆锈迹斑驳的老自行车来学校，穿着也不修边幅。在课堂上，参着一双粗糙的大手，为我们或讲课或改画，这常使人琢磨他的出身经历。后来我们了解到齐老师确实出身寒微。另一位和齐老师同乡的李松石老师说，齐老师少年时，在腌菜店学徒，盐水把他两只手和两条胳膊泡得通红，这是真的。齐老师并不隐瞒自己的出身，他不止一次为我们叙述他的经历。在他学徒之时，就是一名美术爱好者了。后来又是以一位业余画家的身份进入美术行。抗战开始，曾参加由地下党领导的演剧队，为抗日将士演出并辗转赴南洋。他做舞台设计、写标语、画宣传画，还做过演员。解放后他是作为有经验的舞台美术家进入新中国的新文艺团体的。《白毛女》在北京首演时，他便是设计者之一。后来又作为青年艺术团的成员赴东欧演出，考察东欧的剧场及舞台美术。这为他成为一名舞台美术家奠定了基础。后来他又被公派留苏，接受了正规的苏式艺术教育。回国后，他的两部芭蕾舞剧《天鹅湖》及《海侠》的设计证明他已是成熟的画家及舞台美术家了，也奠定了他在中国舞台美术界领军人物的地位。我作为中戏的学生，能在他的指导下学习是一件幸事。

我和齐老师近距离接触有两段时间，一次是他留苏回国担任我的班主任时，此间曾指导我做毕业设计《克里姆林宫的钟声》。当时我对于苏联的了解是幼稚有限的，而齐老师因了他的留苏经历和对俄罗斯艺术的深入了解，自然就成为我真正的指导教师。他指导我了解苏联十月革命，又提醒我要了解剧中所涉及的所有地点和地理位置。比如剧中一再提到"克宫"的伊维尔斯基门是该宫的哪个门，而那个嵌有大钟的斯巴斯基塔在哪个门上。他告诫我一个舞台美术家做设计，若不了解这些起码的知识，设计就无从下手，余下的问题才是你的设计所把握的风格。他一再提醒我一个舞台美术家怎样把你学到的造型基础运用到设计中去。苏式设计是要求绘画性的。就这样，我在齐老师的指导下，兢兢业业地完成了该剧的设计，其收获也是终生难忘的。后来这出戏作为新中国成立十周年的献礼剧目公演。

"文革"以后的七十年代末中戏复课，齐老师提议我回校任教，还约我与他合作为中国歌剧舞剧院设计舞剧《文成公主》，并提议由我执笔。每次工作结束，他都约我到他家棉花胡同22号去吃饭。齐老师和他的夫人胡青住在22号一个角落的平房里。屋里很拥挤，几张留苏时的习作遮满了墙壁。作为广东人的胡青很会做菜，几样简单的主材她也能翻出些花样，我们围坐在一张不大的圆桌前就餐，被四周的书柜和画作包围。齐老师爱喝酒，当时北京尚缺啤酒，在一些酒店里只有散装啤酒，齐老师便让我骑上他的自行车提上茶壶去找酒，我"转"来啤酒，齐老师不相让不敬酒，先为自己满上。他喝得十分香甜。他爱酒也珍惜酒，一次我从河北回北京时为他带去两瓶地方产的刘伶醉，齐老师倒酒时不小心碰倒了酒杯，一杯酒洒在桌子上，他心痛至极，忙低下头嘴对着桌面把洒了的酒吸干净，此举给我留下了终生的印象。他使我想到齐牧冬到底是一位平民式的老师，而这时他已是知名教授。平民 —— 是少虚荣的吧。

我知道齐老师是希望我成为一名像他一样的舞台美术家的。然而他也发现我对舞台美术不思进取却迷恋着绘画，这导致我再次辞别中戏回河北做专业画家。一天我去棉花胡同22号向他告别，他直截了当地对我说："我不勉强你。做画家也许对于你更合适，我期待着你的画。"那天我又骑他的自行车去交道口打了散装啤酒，胡青做了一条鱼。

和齐老师分别十年后，我在北京中国美术馆举办我的

在中戏画室。右一为铁扬（摄影）

个人画展，齐老师把中戏所有可召唤来的师生约来一同去为我祝贺，我也把那次的展览作为向母校向齐老师的汇报，我牢记着他的一句话：我期待着你的画。

张重庆老师只大我三五岁吧，我入中戏时，张老师刚从中央美院毕业。从我二年级起教我们的油画课。他给我的印象是潇洒倜傥、一表人才。我的第一张油画就是在他的指导下完成的，画了一只砂锅和三只苹果。他告诉我们，油画颜料在调色盘上的排列顺序、亚麻油和松节油的不同，以及油画的起稿和完成的过程……张重庆老师应该是我的启蒙老师，在他的指导下，我闻着松节油的迷人气味，开始画油画了。这一闻就是终生。

1957年暑期，就是张重庆老师把我们带到青岛，带上崂山写生，在接到李伯钊院长的电报后又带我们返校的。

张老师是青岛人，家住青岛黄县路一座独立的建筑内，建筑算不上别墅级，但小巧紧凑。我们在青岛写生期间曾随他沿七高八低的黄县路进入这建筑。原来在一间小巧的起居室里竟悬挂着一幅小油画原作，画的是中国北方一座小城的街道。张老师告诉我们那是一位外国人的作品，是他的父辈买来的。我第一次看到外国人的油画原作，竟是在青岛张老师家中，由此可想到青岛这座城市，各种文化在此交会着。有谁能想到在黄县路这座小楼内竟藏着外籍画家的油画原作。还有著名的青岛啤酒，我也是第一次在张老师家尝到啤酒的味道。

这年7月我们在张老师的率领下画完青岛的海滨后又赶往崂山，在崂山师生住在一幢白俄留下的大别墅内，吃着新鲜的鲅鱼。晚上张老师和我们一起躺在别墅的阳台上，望着满天星斗听他讲老青岛的故事。作为青岛人的张重庆熟悉崂山的每个地方，那次的崂山写生，我也才真正体会到油画写生的意味。可惜好日子不长，几天后我们便接到有李伯钊院长署名的那封召我们回京的电报，也就是在这座别墅的阳台上，我们全班列队郑重其事地听了张老师的传达。对此张老师自然是有些遗憾的。他读完电文把它折起来对我们说："走吧，同学们。"我们相互看看，已觉出这是一纸不可抗拒的指令。第二天便踏上了回京的旅程。

那时一起在崂山写生的还有王宝康老师，他尚在列宾美术学院学习，和我们一起架起画箱，曾面对崂山为我们做表演式的示范。他还把女模特儿摆在阳光下，在画布上魔术师般地安排颜色的明暗系列，每一笔都启发着我们对颜色的认识。回校后又听过他的专题讲座。可惜王老师回国后在"文革"中受尽折磨，自缢身亡。至今中戏教学楼里还陈列着他的几幅作品，其作品在那里仍属上乘。

五、同学·朋友

在中戏我对油画的认识，还得益于我的一位同学好友。他叫程洵，也是青岛人，他和我一起入中戏，但他和我这个"村人"出身完全不同。就在我不知油画为何物时，少年时的他和他的一位哥哥早就坐在青岛海边用英国油画颜料写生了。之后，两人就在家中的客厅里举办"画展"。后来他当过兵，去过朝鲜，再后来考入中戏。马蒂斯、马奈、莫奈这些名字，我第一次听到就是从他那里。

我说的朋友，不光指情投意合，在艺术追求上兴趣接近，还包括了相互信任、直截了当的提醒、不加掩饰的指责和袒护乃至互相的无条件的忍耐。

我和程珣从大学一年级开始就一见如故。课余时，听他讲述他那些"洋故事"；星期天一起到东单裱褙胡同徐悲鸿先生家临画；一起为中国自然博物馆画"大恐龙"巨幅油画，并用所得的报酬买了一架旧留声机，然后从资料室借来成套的七十八转的老唱片：贝多芬、舒伯特和"老柴"，一张张从头听到尾，听着不"过瘾"时，就再掏钱去买真正音乐会的门票……对于这些洋东西，程珣比我内行，他会哼电影《魂断蓝桥》中的插曲，还哼纳粹的《双头鹰进行曲》。1958年，我就是和程珣一起联名给李伯钊院长写信的。

三年级时程珣爱慕一位表演系的女生，爱得神不守舍。一天他得知那女生正生病在宿舍，便从锣鼓巷副食店买来"小人酥"让我去送。这钱也是画"恐龙"的稿费，我管理着这笔二百元的"巨资"。义不容辞地提着这包糖鬼鬼祟祟地敲开了这女生的门。那女生正躺在床上，看到我的到来当然知道是程珣所遣。她坐起来，打开纸包，把糖抓起来便玩。这些漫不经心的举动，给我留下了很不好的印象。她漫不经心地玩着糖，问了我几句"不着调"的话。我便觉出这女生的不可爱，但回来后我没有把我的感觉告诉程珣。果真我的感觉不错。原来那女生爱的不是程珣，而是表演系一位男同学，毕业后他们一起去了南方的一个省。程珣是单恋。

那次"失恋"，对他打击不浅，唱片也不听了，《魂断蓝桥》也不唱了，课堂上也很显懈怠，晚上他躺在床上辗转反侧。但是不久程珣又恋爱了，家中为他介绍了一位朋友的女儿，这女士在中央音乐学院学钢琴，已毕业，留附中任教。初次见面定在程珣的哥哥家。哥哥住东四十条一幢宿舍楼里。程珣邀我同去，我去了。全家陪这位女士吃了午饭。告别时，我和程珣把她送到门口的电车站，女士上了车。车开了，程珣却叫住了我，他也不顾来往行人对我厉声地说："谁叫你出来送她的，你想干什么？"我被这突如其来的指责惊得发呆，无言以对。然后我们步行回校，一路无话，我想，这就是朋友吧。

这女士给我留下的印象是，很稳重、很成熟，牙齿又白又整齐。

毕业后程珣留校，和这女士结了婚。结婚时我已在河北，程珣却来信邀我去参加婚礼了。信中说：你不来，我怎么结婚？我又想到"朋友"这两个字。去时我想买点东西带去，但无任何东西可买（正是1960年供应匮乏时）。

最后只在我所处城市设法买了半斤醉枣，有农民在暗处偷着卖。但就此拿到程珣的婚礼上，已属上乘。主人只有半瓶老果酱加水稀释成的"酒"。

程珣婚后好景不长，因在政治上的一连串遭遇，被开除教职，下放西北。妻子也跟去了，不久婚姻结束。据说，此前程珣曾被诊断出神经系统有毛病。之后的程珣退休至青岛。有一年我去看他，他住在海边由一堆碎石砌成的房子里。房内有碎石砌成的炕，旁边还有碎石砌成的炉灶。炕上却铺着一张军用毛毯。我认识这毛毯，是他从朝鲜带回的。炕上竟挂着几块空着的油画布。我进门后程珣没有任何寒暄和热情问候。他站在炕上，头顶住屋顶指着那几块空画布说："其实油画不用画，你面对空画布上面什么都有了！"我想，程珣的神经莫非真的出过毛病？

程珣请我吃煮面，却是另一派景象。他通开炉子煮面，同时从炕上一个木箱子里取出两只地道的西餐大盘，两副银质刀叉，又以那木箱子为桌，还铺上一块挑花亚麻台布，使人觉得：啊！好绅士！我又想到少年时他用英国颜料在海边写生的情景。可惜"绅士"的面条无配菜，盘中只滴了酱油。但台布平整清洁，刀叉明亮。我们听着海边的涛声相对吃面。谁知好友程珣又朝我怒斥道："你知道是谁把我整到这地步的吗？你！"这时我心想，我这位可怜的朋友，神经确实有问题。

我离开青岛后，又听说他一些故事：他常从海边拉来衣服褴褛的女孩，为她们洗脚……后来我又听说，他去世了。那年他当是六十二岁。

我的另一位朋友，是蒙古族同学纳木吉勒。纳木不似程珣，他学习不认真，处事随意豪爽，有着蒙古人的性格，我们在一起谈绘画不多，但他也酷爱交响乐，而对于交响乐比程珣还要内行。为了一场交响乐音乐会，他可以彻夜排队买票。他熟悉交响乐，还酷爱指挥家的风采。这点，也许就是我们成为朋友的原因之一。此时我也正迷恋着指挥，还曾梦想转校到音乐学院学指挥。

一场音乐会结束了，我和纳木走在街上，他一路"嘣嘣嘣"地哼着一首乐曲的主旋律，模仿着苏联指挥家法耶尔的手势。那时来中国演出的交响乐团不多，只有苏联和东欧的，法耶尔是苏联指挥家，一头卷曲的头发，像头狮子。

文章开始我已提到我和纳木还有一个共同兴趣，就是站在大街上看汽车。我跟他认识了不少小汽车。可惜那时街上的车太少，在交道口我们一站半天，才有几辆小轿车经过。纳木说："帕别达。"又过来一辆，纳木说："华沙

20。""伏尔加"出现较晚，"道奇"是老美国车。我们等"基姆"等不来，那是副总理们坐的车。纳木吉勒说中国在试制轿车时，周总理把自己的"雷诺"捐给了长春汽车厂，供他们拆卸、仿制。

纳木毕业后分配在内蒙古艺校。一次母校三十周年院庆，我和纳木在母校操场相见。纳木把我拉到一边说："哎，朋友，你知道我昨晚和谁在一起？谅你也不知道。"接着，他说了一个蒙古族电影明星的名字，把我吓了一跳。这个女明星正大红大紫。我半信半疑："她不是在国外吗？"纳木说："冲我回来的。"这句话虽然有些夸张，但纳木和这位明星确有情事。

纳木还直率地对我说："我们是蒙古族人。"

纳木不到六十岁就去世了。据说他喝酒，喝出了心脏病。

六、都是读书惹的祸

我选择来中戏读书，是中戏有书可读。它不仅有"名著选读"的课程设置，有有修养的教师帮助你读书，它甚至为你规定书目和数量。此外，中戏有成规模的藏书做"后盾"，集中了解放区艺术院校的藏书以及国立南京剧专的藏书，后来丁玲主办的中央文学讲习所的藏书也归了中戏。但文学所的藏书集中在一个小房间内，属半开放状态。文学所的书很多，除几架线装书、几架外国翻译小说外，还有不少三四十年代中国各印书馆的书。书的封面上均盖着一枚文学所的藏书章。学生是不可进的，幸好我和一位姓F的馆员小姐"认识"，便有了进馆借书的可能。F小姐戴一副高度近视镜，因双腿先天疾患架着双拐，每天极早就见她悠着腿来上班了。一次我竟进馆借得张爱玲的一本小说集，还借得一本和张同时代叶某的集子。其实我借它们并无目的，只觉得三四十年代的书新奇，还有文学所那枚椭圆形蓝色藏书章，更引我有了解的欲望。我捏着书从藏书室溜出来请F小姐过目，她沉思片刻，从书中抽出卡片要我填上名字，说时也不看我，低垂着目光对我的借书似有犹豫。我写着名字，还发现在借书卡上，竟有几位正活跃在中国文坛的文学大家：马烽、刘真……于是对这书、这卡便更加肃然起敬，但F小姐那低垂的眼光却给我留下了一种印象，好像我的借书正连着一件什么事。

果然，几天以后学校团委召见了我，等待我的是学校团委专职书记Z君。Z书记人精瘦，额头白净眼光犀利，很健谈。我从他坐着的姿势和直视我的眼光里便觉出有一种不祥之兆。果然他开门见山地要我回答借书的事，问我为什么要借张爱玲还有叶某的书。他边说边打开卷宗核实着我的行为。

我说不出为什么，正值大暑，只觉房间闷热难忍。他说你是新中国的大学生、共青团员，看看我们的党正领导全国人民干什么，我们的学校又在干什么，而你……一个新中国的大学生、共青团员……他强调着这两点。之后，他要我写一份"认识"给团组织，后来我写了也交了。当然这是F小姐汇报的结果，我一再想起她那低垂的目光。

那时，有个"鼓足干劲、力争上游、多快好省地建设社会主义"的十九字方针，正鼓舞着中国人立志十五年赶上老牌资本主义国家英国，学校正在开展一场"红专大辩论"。而我竟把张爱玲请进了宿舍。过后有一阵我很是抬不起头来，还不断想起F小姐那低垂的眼光和Z书记那白净的脑门。

借书事件是我在中戏的一点"污点"吧，惹了一个不大不小的祸。事情蹊跷的是Z书记和F小姐却先后遭遇了大祸。

我毕业离校后，听说Z书记因贪污团费（还有作风问题）被开除公职，打发回南方老家，在一个小学校做临时工。我毕业十五年后，在一个大暑的天气，因公去那个城市，恰好和Z君相遇，他人更精瘦，白净的脑门变得赤红，由此可见他是很历经了些沧桑的，但谈吐的风度不减当年。他告诉我，他在"领导"一个小学的校办工厂，翻制石膏教具，还一定要我去参观。我去了，那是一间小学的教室，墙根胡乱摆了些"阿克里巴""海盗"和这厂自己研制的"工农兵"。他请我喝着龙井茶，说，在中戏时因了工作关系做了不少对不起同学的事。说着，长叹着，用一块不洁的手帕擦着汗浸的脑门 —— 大暑的天气。

F小姐的遭遇，更令人惊叹 ——"文革"中她跳楼自尽。当时母校的几百位教职员工中，只有两人自尽，一位是曾在苏联列宾美院留学、和我们一起上崂山写生的王宝康老师，另一位便是F小姐了。我常想，一个架着双拐的女性，不知怎么跃过窗台而下坠的。据说，当时给她定的罪名之一是有意识向学生借阅不健康的书刊，灌输不健康思想。

其实那次我读张爱玲并没有留下什么印象。只觉得她对人生的描写过分平淡。当时，我坚信文艺作品中的矛盾和冲突，在我所学的戏剧学引论中，明明白白地写着戏剧性便是戏剧冲突。一个剧本的正确公式是矛盾的展开 — 高潮 — 结局。小说又何尝不是这样。当然，在当时的中国，矛盾又和阶级斗争是同一个概念。

作品中不见冲突这是我读不下张爱玲的原因，我读了叶某的一个短篇，倒有些不同：有位上海小姐，大白天在浴室洗澡，从镜子里审视自己的身体，发见自己的乳头像两只"紫葡萄"云云。有了"紫葡萄"的描写，那天在团委我才觉出，无论如何我是犯了案的。F小姐的告密，以及她向学生借阅不健康书籍的罪名，也自然有些道理了。

七、毕业序曲

当然，我所学专业是舞台设计。任务便是要以剧本为依据，做出设计，然后把它活灵活现地搬上舞台。在演剧学里舞台设计是寻找一出戏的外部演出形式。导演是人物行为（从内心到形体）的导演。而设计者是制造出一种外部形式的导演。因此，对一出戏演出的正确解释是导演和舞台设计共同完成的。于是我要学会造型艺术的方方面面，要学会用技术手段去体现设计意图，还要学会同导演打交道。于是设计和导演往往就形成了一种有统一有矛盾的辩证关系。

1959年的下学期，大四的我开始做毕业设计。设计剧目就是那出苏联名话剧《克里姆林宫的钟声》。剧本讲的是苏联十月革命后，在面临种种困难的情况下（连克里姆林宫的钟也不响了），列宁是怎样领导人民克服困难、重建秩序的故事。这出戏的导演是由刚刚留苏回国的C女士担当。虽然从理论讲导演和设计是平等的合作者，但这只是从理论上讲，实际我们是不平等的。一位大四的学生和一位留苏回国的导演合作……于是我常常怀着一种恐惧的心理和C导演对话。

C导演个子不高，属于那种很"劲道"的身材，快人快语，风度翩翩。加之她的导演职业，又留过苏。当时在中戏很受人敬仰。

一次，我们的戏在鼓楼东大街实验剧场做演出前的彩排。C导演在观众席突然向正在台上工作的我喊："铁扬同学，过来！"我从附台走出来站在台口，我身后是一组和"克宫"宫墙连着的斜坡平台，这平台是为列宁出场设置的。"把平台撤了！"C导演差不多是命令的口吻。我口吃着申辩说，这平台不能撤，因为这是供列宁出场之用。这里有一个合理的"调度"。但C导演还是不加考虑地说："不要、不要，撤、撤！"我再次申辩仍无结果。当时我也年轻好胜，再说明天我将面临毕业答辩，这场戏是答辩的重点。我的导师齐牧冬也肯定过这个设计。于是我又向前走一步对C导演说："不撤，要撤你自己撤吧。"说完我扬长而去。晚上是正式彩排，我"赌气"在台下看演出，看见那组平台还摆在那里。列宁从克里姆林宫的伊维尔斯基门里走出来，站在上面向几位站岗的水兵说："同志们，我们的工农革命来得不易啊……"几位水兵沿着平台跑上去朝着列宁欢呼。我想，没有比这个"调度"更合理的了。

几天后，这戏在民族宫礼堂正式演出，周总理出席观看，李伯钊副院长也陪同观看。散戏后，李院长送走周总理，C导演又送走李院长。C导演冲我走过来说："铁扬过来，跟我吃夜宵去。"她的口气热情非凡，带着一种不必商量的口气。这天她穿着苏式的下摆宽大的风衣，还擦了口红。我踌躇着跟她去了西单绒线胡同一家饭店，她要了几样菜，还有四川抄手、葡萄酒。她替我满上酒杯，自己也满上，朝我举起酒杯，我也学着她的姿态朝她举起酒杯。她和我碰着杯说："你知道吗，我还真有点喜欢你！"说完一口干了一杯酒。我忘记我说了什么，喝了多少酒。只觉眼前很模糊。因为我知道C导演刚离异不久，年龄不到三十岁吧。"喜欢我"，这意味着什么？那天她面对我时而沉默，时而热情洋溢，面颊微红，使得我一阵阵慌乱。后来，幸好她的话题转向了苏联艺术，她说在苏联画家里最喜欢的不是列宾，而是弗鲁伯尔，还有克洛文和戈洛文。说中国的舞台设计受着舞台技术条件的限制。还说，你那个设计放在机械舞台上会更有光彩。你那组平台也会变化莫测。

饭后我们一起乘公共汽车回棉花胡同，她住22号。分手时她站在路灯下迟疑着问我明天还去不去民族宫，我说得问问班主任。在路灯下她好像还有什么要说，后来想想走了。走得很快，高跟鞋的声音在棉花胡同泛着回响。

晚上我躺在双人床上铺，还在为C导演"喜欢我"这句话难以成眠。也许C导演说的是，有点喜欢我的性格吧，那天面对她我一副"宁死不屈"的样子。

第二天我没有去民族宫，和纳木吉勒去天桥剧场听了苏联国家交响乐团的音乐会。如果没有音乐会，也许我还会再去民族宫礼堂，面对一位年轻的擦着口红的女导演的邀请，我的思绪会是混乱不堪的。

之后，我没有和C导演近距离见过面，有时在校园看见，她穿着苏式风衣或大衣，走得总是很慌忙。衣服在身后飘摆着。远远看到我时，像是一副视而不见的架势，又像是故意做出的。"文革"期间听说她也吃了不小的苦头，留过苏的，下场大多不好。

那时我在中戏，听过院长们的谆谆教诲；那时我在中戏，完成了先生们、老师们交给我的作业；那时我在中戏，做过毕业设计，还曾为新中国成立十周年献礼；我完成毕业答辩，又有了和导演的合作从不愉快到愉快的经历。假如我遵循我所学专业走下去，会顺理成章地成为一名舞台美术家，可我做了舞台美术行的叛逆者，吸引我的竟是文学艺术行的五花八门，但欧阳院长那句"十年树木百年树人"的嘱咐常在耳边回响。

我已是一棵树吗？距那时已是几十年，也许我才是一棵七杈八杈的什么植物。我已是一位"树"起的人吗？这又不到一百年。

成长无限年。

那时我在中戏。

2015年正月初稿

2016年正月再改

发于《十月》2016年第4期

同学送我去"北大合唱团"演出。右一为程珣　右三为铁扬（摄影）

大纪家胡同123号

　　大纪家胡同是保定的一条胡同，位于保定北城墙下一个僻静处，胡同不长，但宽阔，能容下马车行走。123号是个院子套院子的大院子，据说原主人是一位做棉花生意的商人，解放后它成了一个省级文艺单位。

　　院内屋宇建筑不强，一律为"裱砖"平顶房，简单的窗棂糊着窗纸。"裱砖"是档次不高的建筑形式，远在"卧砖"砌墙形式之下。院内也有作为客厅的过厅和"花厅"，但做工也粗，杨柳木的隔扇做得潦草，有的厅前扔几块太湖石做装饰，也少规则。后院有眼水井，水苦咸，不能吃，只能洗脸洗脚用。前院有眼压水井，供大家做饭喝水。但它的院落多，若论"全"，二十几"全"吧。但院落不整，房屋高矮大小参差，现在它却容纳了一个省级文艺团体，这个团体叫省文工团。二十世纪五十年代初，我就被招进这个院落，招我进院的是这个院落的掌门人之一、文工团团长贺昭女士。

大纪家胡同123号

掌门人

贺昭女士和她的先生洪涛是这个院落的掌门人，洪涛是一把手 —— 团长兼艺校校长，贺昭单领导着文工团。二人是南方人，和这院落的其他人风度不同，说一口带南方味的普通话，举止也带出南方人的做派。

洪涛是一位有见地的掌门人，提出过许多有见地的艺术主张，如过早地提出新文艺向民间艺术学习的问题，并把省内几位顶级艺人请进团内，请他们把演艺的基本要领：手、眼、身、法、步，及唇、舌、齿、牙、喉传于大家。他还大胆吸收着"洋嗓子"的歌唱家的技法，教大家"西洋"发声法，使123号的大院显出既传统又超前的局面，改变了原来只唱"北风吹"扭秧歌的格局。洪涛还是一位演说家，他长于作报告，能把当前的形势和政策演说得充满滋味，就凭这点大家都成了他的粉丝。他作报告时，那个作为排练场的花厅就变得人满为患了。大家带上马扎抢先找位置。洪涛作报告语言生动活泼，常用一种审视的眼光注视着大家，眼光里有对自己语言的尊重和自信，像是告诉你，我的话你不用怀疑。相形之下其他领导的报告就逊色不少。当时报告人作报告水平的高低显示着领导能力的高低。但是，洪涛也预料不到他自己也有被别人的眼光审视的时候。那是在"三反"运动中。1953年的"三反"运动有"打老虎"之说。一时间洪涛便有了"老虎"之嫌，一位省主席办公室的同志来123号大院领导运动，也是在那间花厅里当着全体同仁，以审视的眼光带着浓重的方言对洪涛说："我是主席办公室派来调查你的材料，你是坦白哩，还是反抗到底哩？"洪涛思忖片刻说："我坦白。"

在另一次会议上，洪涛就作了坦白，说自己抽过本应用于招待客人的好烟（大前门牌）；团里用公款为他做毛料制服，他本应谢绝可是他穿了；他家的保姆也到团里食堂打饭……凡此数条洪涛交代得坦诚恳切。但那位主席办公室的来人听了之后说他是"蒙混过关"。但洪涛的"老虎"之嫌还是到此为止，过后他还是穿那身毛料制服为大家作报告，说目前的每个运动都是为了巩固政权，"我们的政权来之不易，不巩固行吗？"他还是以审视的眼光问大家。

那时，一个省级的政府不知为什么单瞄准了这个大纪家胡同123号，而有"老虎"之嫌的也并非洪涛一人。会计、管理员们也都被那位主席办公室的来人审查过，并用同样的语言警告他们说:"是坦白哩,还是反抗到底哩?"最后也都是不了了之,证明着大纪家胡同123号家底薄,是个没有老虎的单位。

贺昭女士的才能是多面的,她为人热情平易近人,自己能演能导又能领导,对团里的生活细节也关心备至,她的衣着虽和大家不同,不穿灰制服,常穿一件乌黑的皮夹克,两条辫子也和大家梳得有别,但她不分高低和谁都能打成一片,坐下来说聊就聊。而她的表演才能也使人无可争议,她在苏联话剧《曙光照耀莫斯科》中自告奋勇演一号人物,使大家更加认识了她的演剧才能。那是一位只顾工作忽略自己且正在寡居着的女厂长,一位叫安东的西伯利亚人正热恋着她,由于她整日忙于工作不顾自己,使得这位西伯利亚人每次来访都败兴而归。后来她终于被这位客人打动,决心和他结为伴侣。那时的贺昭在台上粘着高高的鼻子,穿着宽大的苏式大衣,从自己口袋里把自家的钥匙掏出来,举给这位求婚者说:"安东,你这位西伯利亚的大笨熊,这是我们家的钥匙。"二人在台上也拥了抱也接了吻。掏钥匙、拥抱和接吻都是贺昭自己的设计,她的设计镇住了观众也镇住了我们,尤其那时演员在台上的接吻是要冒险的。但贺昭自有解释,说:"我们演的是苏联人。"

不久，因了洪涛的领导才能、贺昭的表演才能，都被调入中国戏剧最高学府。洪涛在那里做领导，贺昭在那里做主演。大纪家胡同123号的掌门人也一再易人，大家常把新掌门人和洪、贺做着对比，今不如昔的结论是有的。

我们

我们是谁？我们是大纪家胡同123号的基本群众，是新中国的文艺工作者，二百余位的我们大约由以下几部分人组成：冀中的一个文艺团体，冀南的一个文艺团体，加上不多的一些"散兵游勇"，我就属于后者。当时我在正定华大学习，贺昭是把我作为演员招进大纪家胡同的，但我后来对演艺不思进取，单恋美术行，团里有个舞台美术队，我就进了舞台美术这行。

当时作为省会的保定容纳着合省后的各路人士，各路人士都带着各自的风度和语言，我们123号大院里，也恰似一个小小的省会。冀南（姑且称南方）的同志带着老区传统的风度，显出一定的"老派"，他们不分男女，穿着直至膝盖的灰军装，帽子也戴得端正，有人还不忘系紧衣领上的风纪扣。冀中（姑且称北方）的同志不然，已显出对"时尚"的追求。灰军装长短得体，大都是经过自己的改造而成，有些女同志还把筒子般的上衣改出腰身，同样的灰制帽，也努力戴出"风采"——偏扣在后脑之上，很显"文艺劲儿"。在当时无疑这已领导了"革命服饰"的新潮流。南北两地的语言也有明显差别，虽然根据职业（演戏）的需要，大家都在模仿着普通话，但"母语"仍在顽强地制约着大家。舞台上的语言便显出混乱，一位北方的演员在台上本应该说："他来了，他来了!"却说成："塔来了，塔来了!""他、塔"不分，本出自河北腹地一带。有位南方演员，在台上本应说："大爷，给你烟袋。"却说成："大牙，给你牙大。"

尽管如此，北方人仍显出老大的姿态，或许这和省城地处河北腹地有关，而"北方"的家底也较之"南方"肥厚，这包括了演戏的服装、道具、汽灯、电灯，还有一辆供运输用的马车，两匹骡子肥壮，赶车人也专业，待到演出赴剧场时，装满布景道具的大车在省城大街晃晃行走很是气派。由此在演出剧目角色分配时，北方人也就占了上风,《白毛女》里的喜儿、大春、黄世仁自然就属于北方，而南方人充其量也只能摊个张二婶和穆仁智、家丁和村民。但南方也有自己的优势，不知缘于何故，战争年代我省南部却发展了音乐和美术，于是南方的音乐和美术在123号院内就占了绝对的领导地位。乐队的管弦乐首席均来自南方，而北方充其量才出个三弦、唢呐。美术更是南方的强项，新中国成立后连中央几所美术名校都有南方的人才进驻，而团内的首席美工也来自南方。我的同屋翟大哥就是一位绝对的首席美工。我进入这个行当后常以他作为榜样。于是南北各方各有优势，各领风骚，大家和睦相处，各展才能，成全着省内这个顶级文艺团体。

翟大哥

翟大哥长我几岁，我和他同屋，屋内残存着一盘炕，我和几位同志睡炕，翟大哥"个别"，不上炕，单睡在一张不长不短的三屉桌上。白天我们围坐在桌前开会、读报、讨论洪涛的报告。晚上办公桌就成了翟大哥的铺位，他在桌上把一套被褥展开，裸着躺下来，但桌不够长，翟大哥就弓着腿睡，膝盖把被卧支起个大包，大包以上有个百瓦的灯泡垂下，挨住了他的腿。翟大哥躺下，常就着百瓦的灯泡打开一个本子，在上面做着描画。有一次他睡觉忘记关灯，灯泡竟烤着了他的被卧，我们被烟雾熏醒，翟大哥却还呼呼大睡，我们一面下炕救火，一面叫醒翟大哥，他坐起来揉揉眼说："我说怎么越睡越暖和。"他的被卧已烤出一个碗大的洞。

　　翟大哥生性幽默，平和待人，遇事不慌。妙语惊人更是他的独到之处。那时我们都年轻，炕上炕下尽是光棍，而院内已经有人在恋爱了。翟大哥常指着正在恋爱中的男女说："他们是蝶，咱们是蜂。"因为当时有出叫《刘巧儿》的评剧正在上演，主人公巧儿就唱过："蜂成群、蝶成对，飞进了花园。"于是我们就成了蜂。蜂也有个找对象求偶的时候吧，再说炕上已经有蜂找了对象飞走，有人便和翟大哥开起玩笑，问他找对象有什么条件。翟大哥爽快流畅地答道："条件不高，就三条：人、女人、活女人。"谁知翟大哥的条件虽不高，但终无"活女人"来迎合，不久还是作为蜂，飞离了我们的群体，去了一个更专业的美术创作单位，但他的艺术却永远留在了我的心中。我常暗自模仿着翟大哥的章法作画，又不得要领，便到他的新单位向他请教。

　　每次我和翟大哥见面，他先说"画"，后说"话"。他的话有关于自己也有关于别人，每段话都能使你乐不可支。

他说先前他在南方有两个同志打架，某某把某某按在地上着力捶打。但挨打的某某也有便宜，他就近把鼻涕抹在了某某的鞋上，还乘机倒了他半荷包烟（那时他们抽旱烟，烟丝装在荷包内，荷包挂在腰上）。这本是鲁迅小说里阿Q"精神胜利法"的故事。他说他的现任领导（也出身南方农村）打电话买火车票，拿起电话说："喂喂，你是火车路?!"他说他在南方也演过戏，演一出农民庆丰收，大家吃着西瓜说快板的戏，他真吃了一嘴西瓜，使得他说不出话来。

类似抹鼻涕、打电话的故事翟大哥还有许多，我们常为这些故事一起高兴一起乐。有一次我又去找翟大哥看画，他没有讲故事却显出从未有过的沮丧，对我的画他看也不看，说："没心思了，我正在事上。"事情是这样，前不久他画了一张年画，叫作《看咱孩子走的多稳当》，画了夫妻两个得意地看着蹒跚学步的孩子。不久就有了批判文章，说这是一张和平主义的典型作品，因为那正是志愿军雄赳赳气昂昂跨过鸭绿江，开进朝鲜之时，媒体正宣传着"唇亡齿寒"决心打败美国野心狼这个道理。画一个小家庭，满足地看孩子的学步，自然就沾了和平主义之嫌。翟大哥没心思了，抽了一会儿烟又说："看看我的新作吧。"他打开一个速写本，翻出一张刚在白洋淀深入生活的速写，画了一个小孩站在船头撒尿，他说："不画学走路了，画小孩撒尿吧。撒尿不好上纲，也上不了主义。"我心情忐忑地看老翟的画，再看看老翟，他还歪坐在床上抽烟，显出前所未有的落寞，和平时的他判若两人。

不久我考入中央戏剧学院离开了大纪家胡同123号，正式学习美术，得知老翟又调离了他的单位，去了一家报社做美术编辑。但他的作品已极少见，有时在报端偶见他画的黑白插图，很是漫不经心。有友人说，翟大哥改攻书法了。我假期回省城去看他，他把我领进省城的白运章包子铺吃包子。我问起他改书法的事，他说："找个不沾主义的活儿干吧，书法不沾主义。"

果然，之后的翟大哥进入不沾主义的书法行，写了一手不沾主义却有自己主张的好字。

王股长

大纪家胡同123号大院里，屋宇散漫，但组织机构严密，同志们也保持着革命队伍中应有的风纪，"串门"都要站在门外喊报告，对方说进来才可进门。集合要吹哨，站队点名稍息立正一丝不苟。而组织机构序列也规范，团以下是队（或科），队以下是组，组以下是股。我所属的序列是舞美队美术组装置股。股长姓王，是位老冀中，说一口地道的冀中方言，我对他的经历不详，但从他的涉猎看，应该是位能人。他作画虽生涩、比例不准，但他能翻筋斗，能说鼓书，老调梆子、河北梆子、山西梆子都能唱，其中尤以模仿麒派京剧见长。他自己也乐于此道，同志们便常撺掇他唱。彼时，王股长都要先做一番推辞和思考。踱着步，"思考"一阵说："唱什么呢，唱他妈的《追韩信》。"其实王股长不必思考，每次都是《追韩信》，清清嗓子唱道："我主爷起义在芒砀，拔剑斩蛇天下扬……"

团里要演活报剧了，内容是美帝在朝鲜连吃败仗的境况，其中那位头戴美国大礼帽的约翰大叔要有一个死神鬼形的陪伴。这鬼形是要翻筋斗的，于是分配角色时，王股长就成了唯一的合格人选。果然王股长不负众望，画一幅骷髅脸，穿一身黑色的短打扮，一溜小翻，先于约翰大叔站立于舞台，向他做招魂状。然后，约翰大叔跌宕出场，立于鬼魂之后唱："本大王出兵威风凛凛，所向无敌立大功……"王股长又是一阵小翻，筋斗竟高过了"大王"的头顶，引得台下一片喝彩，连洪、贺两位领导也惊叹不已，才知原来舞美队是个藏龙卧虎之地。王股长卸下装后说："也不知哪来这股劲，一连翻了十二个。"后来我听戏曲专业人士说，翻十几个小翻是要有些功夫的。

当然王股长自有本职工作，他做的是装置。装置是演出单位的一个重要部门，装置是要摆布景的，确切地说是要完成布景的制作和布置。布景本是假的，要由木材、布匹和钉子做成，再配以描画才能装置于台上。王股长做布景一向精打细算，连扔在地下的废弃钉子都要一一捡起，有人用新钉子钉木料时，他就会说："不是有旧的吗？"节约就成了王股长的一大优点，多次受到领导的表扬。但王股长也自有豪爽的时候。我们在台上摆布景，常常要通宵达旦，天亮时王股长便朝着台上的我们喊："还不下来，肚子里还没食儿呢。"从昨晚到现在我们还水米未进，于是我们走下舞台跟着王股长到街上小摊进食。逢豆浆喝豆浆，逢烩饼吃烩饼。一向精打细算的王股长此时最豪迈，他看着我们狼吞虎咽的样子说："吃够喽，人是铁饭是钢。"我们把自己吃个撑饱，王股长买完单，"节日"还在继续，他又对我们说："走，都去泡泡。"王股长说的泡是正派的泡，要进澡堂。于是带一身灰尘的我们，便走进西大街一个叫"荣华池"的澡堂，脱光自己走进浴池。等我们泡好了，提前走出浴池的王股长早在外间铺位上要好茶，摆上瓜子，半遮半掩的我们走出来，围住王股长喝茶嗑瓜子。当然，如此悠闲的时刻，王股长少不了又会讲起刘邦起义的芒砀在什么地方，有时也会哼几段鼓词，里面带着荤口。末了，还会告诉大家今天是礼拜六，老刘的媳妇要来过礼拜六，回去早点儿给他们腾地方。

那时，革命阵营正实行着过礼拜六的制度。因为那些飞离"蜂群"的蝶们尚无属于自己的窝，按制度只有礼拜六这天才能团聚。也怪，过礼拜六大多是女方来就男方。王股长的股下有个叫老刘的股民，每周六要等媳妇来就。媳妇在近县工作，每周风尘仆仆赶来。和老刘住同屋的王股长及以下的几位"股民"就要给老刘腾地方，若在夏天，大家卷张凉席，房顶也是去处。冬天卷条被卧，作为排演场的花厅也是个地方。现在王股长提醒大家，又是礼拜六了，该给老刘腾地方了，这时，大家又少不了向老刘开点没深没浅的玩笑，让老刘"坦白交代"过礼拜六的细节。其实老刘并不老，刚过二十，老刘的媳妇叫冬霞，小巧可爱，来过礼拜六时不扭捏、不羞惭。第二天离去时带着红扑扑的脸蛋，显出一副心满意足的样子。王股长面对冬霞说："想来就来吧，有的是地方。"冬霞少言寡语，只说："嗯，来。"

王股长凭着他的多才多艺和好人缘，后来职位一路上升，远在股级以上，这是后话。

万博士

我对万博士的历史一无所知，我们也睡过那盘炕，只知他既不属于北方也不属于南方，是东北人，普通话里带着浓重的东北腔，我从旁得知他去过日本，至于他的博士头衔，是他自己常说的，还说是位双料博士。万博士确有博士相，在我们的衣着尚是"土八路"的时代，万博士常穿一条纯毛藏蓝哔叽西裤，笔直的裤线纹丝不乱，睡觉时他把裤子置于一个衣架贴挂于墙上，穿时仍不忘把裤线捋直。上身常穿一件紧身的T恤衫，显出饱满的胸大肌。早晚洗脸用自己的脸盆。那时我们洗脸几个人共用一个脸盆，早晨王股长常从那眼咸水井里打一盆水置于当院，让我们先洗，我们围住脸盆你一捧我一捧把水泼在脸上，擦干。王股长才蹲下来以剩水洗一把，然后把一盆浑浊的水泼在当院，再把脸盆靠在井旁明天再用。万博士是要用自己脸盆的，洗脸漱口也有自己的规则，他在盆里注满水，把盆放在一个高处用自己的香胰子把手、脸狠搓一遍，再捧起水把脸上的胰子沫冲净。冲时嘴里发出噗噗的声音，然后就着脸盆刷牙和漱口，竟把漱口水夹带着牙膏沫黏糊糊地一口口吐在脸盆里。这时，一全院子都会飘散着香胰子味儿和牙膏味儿。

万博士既是博士自有本事过人之处，他的身份是照明师，自己设计照明器材，自己制图，自己跑厂家定制。曾制造出我们从未见过的稀罕物件——节光器。万博士用英文称这东西叫"迪莫儿"（Dimmer）。这东西能使舞台灯光随着万博士的控制渐明渐暗，不似我们以前的单刀闸控制开关灯光只能突明突暗。随着迪莫儿的应用，万博士还设计出一种叫斯珀来提（Spotlight）的聚光灯，使大纪家胡同123号进入了一个先进的"光控"时代。

万博士学问过人，但也常露出一些和123号大院既不合拍又不谐和的风度，自己用脸盆洗脸吐水属生活小节，已经显出"各色"。对眼前的政治形势也常发表出不协调的声音。我们批判《武训传》，把武训定名为地主阶级的奴才。万博士却说这定义不可理喻，武训四处游走化缘倡导兴学定为奴才，这也太冤枉。至于两个青年人写的那篇对《红楼梦研究》的批判文章，万博士说写文章的那两个年轻人很难说没有个人目的。至于已定名为反革命的胡风，万博士更有见解地说"文人无行"也不止胡风一个人吧。于是挨批判也就成了万博士的家常便饭，每次对万博士的批判都是高规格的，洪、贺团长也常来做指导，面对眼前的阵仗，万博士也有过像样的检查。大帽子一顶顶不住往自己头上戴，说他的一切问题都是因了自己的屁股所致。自己的屁股不坐无产阶级的板凳，专坐资产阶级的板凳，他要决心痛改前非，把屁股挪到无产阶级的板凳上来。为此他也掉过眼泪，流过鼻涕，从毛料西裤口袋里掏出一块洁白的手绢擦眼泪，再把流出来的鼻涕吸进去。谁知当王股长轻描淡写地又指出他群众关系不好，不合群时，万博士便愤怒起来说："哎，你不能这么说、人都有个习惯吧。为什么非要我去合群，你这叫强人所难。"

万博士终没有把屁股挪过来，他出了大事，属于贪污腐化，这和他的"迪莫儿"和"斯珀来提"有关。原来万博士的发明在省城没有条件实现，便带着图纸进京找厂家定制，却和那家私营厂老板的女儿有了染，加之对老板的拉扯，共贪污公款旧币三万余元。当时我们的月津贴是六角钱，万博士曾带我去过那家位于北京南长街的私营灯具制造厂。那里实际是间作坊，临街的铺面开店内院住人。

老板姓彭，女儿二十几岁，人长得不丑不俊，口红却鲜艳，长卷的飞机头披在脑后不停用手拨撩。当然这装束和我们123号的女同志不属同类，一个资产阶级小姐吧。当时革命队伍中，常把此种女人叫糖衣炮弹，万博士是中了糖衣炮弹的。

万博士犯了案，在大纪家胡同123号的花厅里被批斗后即被带走，判刑三年。

万博士走了，123号大院不再闻到香胰子和牙膏的味道，他的工作台也落满灰尘，只等三年以后万博士的再现。

一天，万博士当真又回到了大纪家胡同123号。我们正在院内排练一出叫《铁流》的大型话剧，众多演职人员拥在作为舞台的当院。"台上"有红军指挥员、战斗员，也有各股工作人员。突然万博士上了台，他穿一件自己在"号"里缝制的宽松无领套头衫，参开两条翅膀似的胳膊，向众人大声声明着："哈哈哈哈，我又回来了!"也怪，万博士的出现没有遭到同志们敌视的眼光，却迎来一片笑声。作为导演的洪涛团长也忍不住笑容说："老万，快下来，整理整理你自己去。"万博士还是站着不走，看看台上的场面指着那位"红军指挥员"的位置说："这里要有特写光，现在斯珀来提不够，还得再进一台。"洪涛团长也苦笑着说："什么斯珀来提，快下来!"万博士和大家寒暄着，就像是出差而归一样。

不久我和万博士告别，考入中戏。万博士还在123号做着本职，有事进京常住地安门附近省办事处，每次都约我见面说他又研究制作"新物件"了。我问他，南长街的厂家还在不在。他对我说彭老板的商店已公私合营，他的女儿进了一家国营小吃店，专卖北京的"驴打滚""艾窝窝"，至今未嫁。我斗胆问万博士：你们能成一家人吗? 万博士叹口气说："不能。"他说，他是个有妻室之人，也有儿女，十几年不见了。

又过了两年，两年未见万博士，遇到123号的故人，我问到万博士时，那人说他死了。是自杀。吃了一百片安眠药，在我们的大纪家胡同123号串着院子挨门向同志们做告别，当走到最后一个门时，便倒地咽了气。我问，是什么运动又连累了他。他说什么运动也挨不上。那正是"大跃进"的年代，123号也在"大跃进"，大炼钢铁。万博士和大家一样，砸矿石垒高炉，还更新了高炉的鼓风设备，他脱掉毛料西裤穿着工装，平白无故吃了一百片安眠药，和大家告别得非常自然。

小鬼班

"小鬼"一词在革命队伍中流行，是对革命队伍中年轻人的昵称，大多形容为首长警卫送信的年轻人。我们大纪家胡同123号有个小鬼班却是真正的小鬼，年龄以十五岁为限，我曾在此入编两个半月，超龄后才离开。这里的小鬼们英俊伶俐、生命蓬勃，几个女小鬼更是招人待见，她们穿戴入时，对于衣服的长短宽瘦更在意。扎着小辫的发式，额前的刘海儿也不断翻出花样，走在省城大街上很是能招来些"回头率"。她们唱歌如同天籁，快板和台词说得流畅，舞蹈也灵动。"大鬼"女士学新疆舞"移颈"，脖子僵硬，小鬼早已把诀窍掌握，动得比新疆人还要"新疆人"。苏联舞的旋转，蒙古舞的下腰、晃膀子，教练一点就透。她们业务精湛，政治觉悟也不低，遇到在花厅开批判会时，也争相发言，申请入团入党谁也不甘落后。抗美援朝期间，领导动员报名参加志愿军赴朝作战时，她们的名字都在榜前，之后有两个女小鬼被选中，可惜有一个竟在战火中捐躯，留下最引人悲痛、最引人动容的事迹。有目击者称她是被敌人的燃烧弹燎伤脸面，住院时想到今后容颜的改变，便决心毁容自尽，竟撕掉护脸的敷料任其感染而死。人们不忍心想她被烧伤后的容貌，提到她还是先前在台上演戏的那个快乐小鬼。

她演过一出叫《摘棉夸婿》的小歌剧。剧情是：姐妹二人摘着棉花幻想着出嫁后的情景和自己理想中的男人。于是姐妹二人就有了争执，都说自己的男人优越。在相争不下时，一位老汉在旁偷听后笑起来说，你们理想中的男人都不错，只要肯为建设新中国出力就是好样的。最后，姐妹"和好"并憧憬着婚后两家的友好交往。二人合唱道："……今后咱们勤持家，你我都生胖娃娃。"姐唱："俺生男来。"妹唱："俺生女。"姐妹合唱："咱姐妹二人结成那个亲家。"

那时的婚姻法是不约束近亲结婚的。

毁容辞世的就是那位"姐姐"，"妹妹"留在了大纪家胡同123号，后来结婚生男生女，生男生女时也许还会想起远去的和"姐姐"做亲家之事吧。

六十几年以后，我们小鬼班的一位男小鬼来看我。又提起那位捐躯在朝鲜的"姐姐"，他告诉我，在小鬼班时，她和他曾经暗暗恋爱，二人已盟誓，成年后要结为连理。

还说，此事只有"她知我知"。我想，这是真的，便想到"姐姐"要健在，也许来看我的就不是男小鬼自己了。

摘棉的"妹妹"健在，成年后随爱人调到外单位，不时打来电话叙旧。每次都提到小鬼班，我问她知道不知道"姐姐"和那位男小鬼恋爱的秘密。"妹妹"的语气显出诧异地说："你说什么？他当时追的是我，怎么变成了我'姐姐'？老糊涂了吧。"

这就成了小鬼班的一笔糊涂账。

糊涂账还多，有的在大纪家胡同123号生活过的老同志、老战友，连大纪家胡同的名字也忘了，提到大纪家胡同时，他生是问你："什么胡同？大纪家，不记得。"要么就说："那条胡同在天津吧？"你对他说咱们不是和王股长、翟大哥睡过一条炕吗，还在一个脸盆洗过脸。他摇摇手说不记得，只记得那位喝安眠药的万博士。

还有一位女小鬼，长大后净演主角，是123号的台柱子。现在逢年节也时不时打电话和我互致问候，电话里说话仍显出一副台柱子腔，当她知道我还在不停地干着手下的"活"时，就拉着长声关心着我说："同志哟，该歇歇了，连我这个天才该歇了也得歇。过去喽，一切都过去喽。天才有个什么用，那时候一个晚上我能背出一整出戏的台词，上台后不忘词儿，不打奔儿 …… 过去喽 …… 就是有一样过不去，这更年期就是过不去，差两岁八十喽，还过不去 ……"

每次，她在电话里用"过去了"和"过不去"结束她的自白，语调悠扬，像朗诵，像在台上说台词。

"过去了"和"过不去"常又使我回到大纪家胡同123号那个年代。过去的是那个独特的不可再现的属于我们的年轻岁月。过不去的我倒觉得还是那个大纪家胡同123号。虽然那个123号已不复存在，现在它早已被挤压埋葬在一群高楼之下。

我去过那个高楼之下，站在那里心潮澎湃，凝立良久，便想起苏轼的两句诗：回首乱山横，不见居人只见城。意思是送走他的好友，城就像空了一样。我便反其意而用之：眼前高楼高入云，不见高楼只见人。

人 —— 那时的我们。

2015 年 10 月

发于《长城》2016 年第 1 期

美术作品

核桃树　纸本水粉　37cm×39cm　1976年

核桃树

还是用水粉颜料画成的
运用这东西自如多了
也是第一次赴北欧做个展的展品

白草畔风景　纸本水彩　27cm×38cm　2000年

白草畔风景

深秋的树
落叶的树
像金银铸就

逆光　纸本水彩　27cm×38cm　2000年

逆光

逆光中的树
模糊了许多树的深沉
增加了几分树的高深莫测

树上有鸟窝　纸本水粉　61cm×63cm　1990年

树上有鸟窝

就是树上有鸟窝
坐在树上有鸟窝的树前作画
会想到回家

女人的河　纸本水粉　55cm×65cm　1994年

女人的河

河里没有了规矩
河就变成了女人的
河宽厚地包容着女人
女人主宰着河
河和背后的山都壮美起来

等待　纸本水彩　74cm×98cm　2014年

等待

馒头是文化
它联系着盼望和期望
是女人有限的心意
但心意又是无限的

歇晌　纸本水粉　50cm×50cm　2021年

歇晌

劳动者中午要歇晌
歇晌是个安静时刻
一个村子都在安静中
远处或许会传来几声鸡鸣狗吠

暮归　纸本水粉　50cm×50cm　2021年

暮归

太阳落山后才是黄昏
落山前的太阳是温暖灿烂的
人和牛都要回家
牛有圈
人有家
一天的日子圆满着

收玉米　布面油画　100cm×120cm　2003年

收玉米

秋天是收获的季节
是黄金的季节
黄金是宽厚的大地铸就
是大地的期盼
是人的期盼

摘花椒　布面油画　100cm×120cm　2010年

摘花椒

太行深山里的花椒树
都是高大的
花椒熟了成堆成串
摘花椒的女人
在空中满足着自己

山上的羊群　纸本水粉　54cm×78cm　2016年

山上的羊群

诗人常把草原上的羊群
比作珍珠
假如你去过草原
才感到诗人描写的确切

又见太行　纸本水彩　44.5cm×60cm　2024年

又见太行

山的歌唱
没有重复的曲式
嘹亮和低沉
曲调由山自己把控

玉米地 —— 下河者　纸本水彩　10cm×15cm　2022年

玉米地 —— 下河者

还是一位下河者
人和绿的世界交织着
是一个大美的瞬间

玉米地 —— 下河者　布面油画　80cm×100cm　2016年

玉米地 —— 下河者

　　走出玉米地
　　奔向拒马河
　　疯着自己
　　一切不在话下

炕 —— 铺被　纸本水墨　40cm×40cm　2017年

炕 —— 铺被

面对一个铺炕者的速写
速写帮助你记下一个瞬间
那瞬间一定是美丽的
也是为"正式"作品的准备

玉米地 —— 下河者　纸本水墨　28cm×28cm　2017年

玉米地 —— 下河者

还是拒马河畔的风景
有下河者的存在
河畔河中
才显出自己的妩媚

炕 —— 铺被　布面油画　50cm×60cm　2009年

炕 —— 铺被

还是一盘炕
是女人和炕的另一道风景
跪在炕席上忘我地整理自己的被褥
也是劳作一天之后的必然吧

童年　布面油画　50cm×60cm　2001 年

童年

童年
一切都是有趣的
即便是面对一片水塘
或许水塘那边的稀罕

伊尔库茨克的白桦林　纸本水彩　10cm×15cm　2018年

伊尔库茨克的白桦林

我三次来过这里
白桦林是这里特有的风景
它们或挺拔或悠扬
有时像一簇簇圣洁的雕塑
有时像穿着长裙的女人
这女人只能属于俄罗斯

又见太行　纸本水彩　19cm×24cm　2024 年

又见太行

山在歌唱
是全新的旋律
若用音符形容
跳动多于宣叙吧